前略母上様　わたくしこの度異世界転生いたしまして、悪役令嬢になりました　1

プティルブックス

Character

◆レオ・アングラード

隣国からやって来た、謎多き留学生。鍛えられた体躯と、赤みを帯びた黒髪、鋭く光る金色の瞳が印象的な美丈夫。見た目はクールだが、性格は穏やかで優しく、リオネルからひどい扱いを受けるセレナを気にかけている。

◆セレナ・リュミエール

リュミエール公爵家の令嬢で、婚約者であるリオネルに浮気されている不遇な美女。キツめな顔立ちと人見知りな性格から、悪女のイメージが強い。しかし、前世の記憶を思い出したことがきっかけとなり、明るく柔和な雰囲気に。天然で暴走しがちだが、周囲の人から愛される令嬢に様変わりした。

◆リュカ

セレナの侍従で、スラリとした好青年。何でもそつなくこなす完璧な仕事ぶりを見せるが、暴走気味なセレナには手を焼いている。

◆リオネル・ルクレール

ルクレール王国第二王子。金髪と碧眼が美しい正統派イケメンだが、性格はワガママ。セレナの婚約者でありながら、同じ学園に通うミアに惚れている。セレナを無視して愛を育む姿は、周囲から冷ややかな目で見られることも……。

◆ミア・ブランシャール

ブランシャール男爵家の令嬢。小柄で可愛らしい雰囲気の持ち主。リオネルを愛するあまり、リオネルの婚約者であるセレナを敵対視している。

Contents

プロローグ

ああ、わたくしは死んだのですね。

そう遠くない未来に命を落とすと覚悟をしておりましたけれど、まさか今日がその時になるなんて。

幸いだったのは、先のある幼子を守ることができたことでしょうか。

ボールを追いかけて道路に飛び出した坊やと、猛スピードで坊やに向かう赤い車。

「危ない」と叫び、とっさに前に出ましたが、愚鈍《ぐどん》なわたくしにしてはよく間に合ったものです。

薄れゆく意識の中、わたくしが息も絶え絶えに「飛び出し注意ですよ」と伝えた坊やは、泣いてこそいましたが、大きな怪我はなさそうでした。

坊やの名前を呼ぶ母親の声もしましたし、きっと無事だったことでしょう。

心残りがないわけではありませんが、わたくしが自分でしたことです。

後悔はありません。

ですが。

もし神様がいらっしゃったなら。

母上様に、伝えたい。

幼い頃に儚《はかな》くなった父上様の分までたくさん愛してくれて、ありがとうございました。

たった十七年の命でしたが、確かにわたくしは幸せでした。

こんな風に先立つわたくしを、許して下さいませね。

ああ、こうなると分かっていたなら、お手紙をしたためておきましたのに。

本当にわたくしは、至らない娘です。

でも、きっとこんなわたくしでも、母上様は受け入れて下さいますわね。

偉かったわねって、褒めて下さいますわ、きっと。

わたくし、空の星になっても、ずっと母上様の幸せを願い続けますね。

父上様と一緒に。


……そうですわね。

できれば、わたくしも父上様と母上様のように、唯一無二《ゆいいつむに》の存在に出会って、恋をしたかったですわ。

それが、心残りといえば心残りです。

ひょっとしたら、心の広い神様がわたくしの陳腐《ちんぷ》な願いを聞いて下さるかもしれません。

もし、生まれ変わる、そんなことができたなら。
もしもまたわたくしに、新たな命を授けてくれたなら。
今度は――

第1章

これが巷《ちまた》で噂の異世界転生？

「なにをしているんだ、セレナ！」

「ひどい！　ひどいです、セレナ様！」

……ええっと、これはどういう状況ですの？

わたくし……。

ああ、死んだのね、と思って目を閉じたはずなのに。

気付けば周りは外国様式の庭園のような見慣れない景色、目の前には上質な服を纏《まと》った一組の男女。

よく見れば、おふたりと同じ服に身を包んだ方々が何人か、わたくし達を遠巻きに見ていらっしゃいますわ。

目線を下げれば、いつの間にかわたくしも同じ服を身に着けているではありませんか。

これは制服でしょうか？

わたくしが通っていた高等学校の制服もかなり上等なものでしたが、これはそれ以上です。

皆様わたくしと同じ年頃の方ばかりですし、企業ではありませんよね。

とすると、ここは学校かしら……？

「おいっ！　聞いているのか⁉」

男性の叫び声に、はたと意識を目の前のおふたりに戻します。

？　わたくしに向かっておっしゃってます？

「私はともかく、王子殿下のことまで無視なさるなんて！　やっぱりセレナ様はマナーのなっていない方なんですね！」

そう叫ぶ女性を見れば、まあ、なんてかわいらしい方なんでしょう。

髪色や目の色を変えている方はよくお見かけしますが、それにしてもピンクのふわふわとした髪も、琥珀《こはく》色の大きな目もとても似合ってらっしゃいますね。

ぷりぷりと怒ってらっしゃる表情もまた愛らしくて……。

そのお隣にいる方は恋人でしょうか？　彼もキラキラとした金髪に透き通るような碧眼《へきがん》。

まるで物語の王子様のようですわ。

それにしてもわたくし、マナーがなっていない！　などと言われるのは久しぶりですわ。

幼い頃はよくばぁやに振る舞いがなっていないと叱られたものです。

ああ、懐かしいですわ……。

「無視するな！」

「聞いていますかっ⁉」

再度投げられたおふたりの叱責《しっせき》に、わたくしはまた我に返ります。

「も、申し訳ありませんわたくしったら、つい……。ですがどなたかとお間違えではありませんか？　わたくしの名前は、セレナではなく……」

そこまで口にすると、突然ズキッと頭に痛みが走りました。

その痛みにガクリと膝をつくと、急激に今までのわたくしの記憶が頭の中を駆け巡ります。

そうです、わたくしは――――。

「ふん、そうしてすっとぼけていれば良い！　今に痛い目を見るのはおまえだからな！」

あらあら、せっかくの麗《うるわ》しい王子様、顔をそんなに歪《ゆが》ませては、台無しですわ。

痛みの引いた頭でそんなことを考えながら見上げると、おふたりは肩を寄せ合い、その場を去りました。

それを皮切りに、周囲にいた方々もわたくしを気まずそうに見ながら早足で去って行かれました。

あらまあ、このような扱いをされるなんて……。

「新鮮ですわぁ……」

「なに言ってんですか。お嬢」

ほうっと珍しい事態に浸っていると、背後から不遜《ふそん》な声がしました。

「いつも言いますけど、なんで少しも言い返さないんですか？　その無駄に迫力のある目で睨《にら》んでやれば良かったのに。ったく、言いがかりも甚《はなは》だしいっつーの」

この口が悪い男は、わたくしの護衛兼従者のリュカ。

「お嬢に止められてるから我慢してますけど、そろそろ限界ですよ」

むすっとした表情の奥には、わたくしを心配する気持ちが見て取れます。

この男は、セレナに拾われてから、ずっと彼女を守ってきました。

命の恩人、とでも思っているのでしょう。

「まあそう言わずに。かわいらしいじゃありませんの。まだお若いおふたりですから、障害のある恋とやらに盛り上がってしまうのも分かりますわ」

「……は？」

のほほんとそう返したわたくしに、リュカは信じられないという顔をしました。

「それにわたくし、かの方々のことはもうそっとしておくのが一番だと思いますの。わたくし達外野がなにか言っても、恋する心は止められないものですし」

「……おい」

「それよりもわたくし、やりたいことがたくさんありますの！　まあ結婚相手が他の方を想っていらっしゃることは非常に残念ですが、それはいったん置いておきまして。まずはこの世界を楽しみたいのですわ！」

興奮冷めやらぬ様子でそう語るわたくしに、リュカは怪訝《けげん》な顔で口を開きました。

「あんた……誰？」

あら、さすがに勘が鋭いですわね。

今までのわたくしとは違うと、すぐに察したようです。

ですがリュカには受け入れて頂きたいですわ。

たった今から、わたくしは生まれ変わったのです。

セレナ・リュミエール公爵令嬢。

それが、巷でよく聞く〝異世界転生〟をしたらしい、今世のわたくしの名前。

学校の友人に貸して頂いた小説で、少しだけ読んだことがありますわ。

今の時点では、唯一無二の存在と出会って恋をするという願いは、少々難しいようですけれど。

でも、今のわたくしには時間がある。

「さあ、帰りましょう、リュカ。まずはあなたに、聞いてほしいことがたくさんあるの」

リュカは怪しげに見つめながらも、差し出されたわたくしの手を取って、帰りの馬車へと案内してくれました。


セレナ・リュミエール公爵令嬢。

漆黒の巻き髪にツンと吊《つ》り上がりぎみの紫眼《しがん》は眼光鋭く、元々顔立ちのくっきりした美人なのだが、けばけばしい化粧も相まって、悪女のイメージが強すぎる。

そのうえ、百七十センチと女性にしては背が高く、その長身から見下ろされた令嬢達が、何人も眼力に怯《おび》え泣いてきた。

あまり笑わない、あまり話さない、口を開けば紡《つむ》がれるのは毒のような言葉の数々。

それゆえ、学園でも避けられることが多かった。

そしてそれは、婚約者であるこの国の第二王子も例外ではなかった。

「……これが周りから見た今までのわたくし。間違いありませんわよね？」

「まあ、そーっすね」

リュミエール公爵邸に戻って来たわたくし達は、自室のソファに掛けて話していました。

はじめこそ急に変貌《へんぼう》したわたくしに警戒していたリュカも、事情を話せばすっかり肩の力を抜いてくれました。

……というか、文字通り力を抜いてだらっと座りお茶をすすっています。

「それにしてもひどいですわね。濡羽色《ぬればいろ》の髪を巻いているのも、頑張ったお化粧も、少しでもかわいらしく見せたいがための努力でしたのに」

「あの第二王子《クソガキ》の女の好みは目がパッチリのかわいい系美少女だっつーから、お嬢がそうしたんでしたね」

「切れ長の眼だって美しいのに……。まるで最高級のアメジストのようで、わたくし鏡を見て驚きましたわ」

「邪悪に見えるってよく言われてますけどね。目つきが悪いのは、ただ単に人見知りで恐い顔になっちまうだけだし、きつい口調も緊張して上手くしゃべれないだけですし」

「背が高くてスラリとしているのに、ボンキュッボンなわがままボディも素敵ですわ！　前世では華奢でしたから、憧れだったのですよねぇ……。このずっしりとしたお胸！」

「……それ、貴族令嬢として、男の前で言っちゃダメなやつですからね？　おい、揉むな」

リュカはそう言いますが、ない者からすればものすごく羨ましいのです。

髪だって、前世は色素が薄い焦げ茶色をしていたので、母上様のぬばたまの髪がとても羨ましかったもの。

こんな感じでリュカとやり取りしていると、はあっとため息をついて、リュカはわたくしを見ました。

「最初は信じられなかったけど、あんたが前世の記憶を思い出して人が変わったってことは、理解しました。俺とあんた以外知らないようなことまで答えたんだ、お嬢であることに間違いはないんでしょう」

だから警戒も解いたが、それにしても変わりすぎだろ！　と頭を抱えています。

そう言われてもセレナはわたくしで、わたくしはセレナなのですから仕方ありませんわ。

ここでわたくしの前世について、お話ししておきましょう。

わたくしの前世の名前は、如月怜奈《きさらぎれな》。

如月流という、日本舞踊の流派を代々受け継いできた家系に生まれました。

セレナと怜奈、名前が似ているためか、「セレナ」と呼ばれてもあまり違和感がありませんね。

幼馴染《おさななじみ》だった両親は相思相愛で結ばれたのですが、父上様はわたくしが幼い頃に他界。

母上様は家を守りながら、必死にわたくしを育ててくれました。

といっても、屋敷には世話人達が大勢いましたし、お稽古《けいこ》にやって来るお兄様お姉様達にもたくさん遊んで頂きました。

ですから、寂しいと感じたことはあまりありません。

この身に流れる血がそうさせたのか、幸いにも舞うことはとても好きでしたし、お茶を点《た》てるのもお花を挿すのも、わたくしにとっては楽しい時間でした。

学校では友人もたくさんできて、それはもう素敵な毎日でしたわ。

少々欲を言えば、思春期を過ぎたあたりから、稽古場のお兄様達とはあまり会えなくなり、男性との関わりが少なくなってしまったのは残念でした。

中・高とも女子校でしたからね、そんなわたくしが両親のような大恋愛に憧れたのは、当然のことだったのでしょう。

いつか素敵な方と……そう夢見ていた時に、わたくしの生活は一変しました。

不治の病に冒《おか》されていることが分かったのです。

皆から心配されて、泣かれて、励まされて。

一度は、もうわたくしには生きる価値はないのだと思いました。

ですが、部屋に引きこもっていたわたくしに、ある日母上様がかけてくれた言葉で、目が醒めたのです。

『人生、最期まで楽しまないと損だ』と！

「ですから、神様が与えて下さった今世も、わたくしは楽しんで生きたいのですわ」

「あーうん、ガンバレー」

まあリュカったら、本気にしていませんわね。

ですが、敬愛《けいあい》するお嬢様が急に豹変《ひょうへん》してしまったのですから、考えることを放棄してしまうのも仕方ありません。

リュカはスラリとした体躯《たいく》に紺藍《こんあい》の髪と浅葱《あさぎ》色の瞳が上品な、自他ともに認める立派な従者ですが、幼い頃は孤児院で育ちました。

出会った頃は、敬語なんて知らねーよという感じでしたし、彼の努力で貴族の従者らしい振る舞いを身に付けはしましたが、こんな風に肩の力を抜いて自然体でいるのが、本来の彼の姿なのでしょう。

きっと良いお兄ちゃんだったのでしょうね。年下の子達に懐かれてもみくちゃにされているところが容易に想像できます。

うふふと生暖かい目で見つめていると、居心地悪そうにリュカが口を開きました。

「……あのさ。今のあんた、見た目と中身のギャップがありすぎて、すっげー違和感。お嬢のその姿は、あんま的を射てなかったとはいえ、あの第二王子《クソガキ》仕様なんだしさ、もうこの際あんたの好きなように変えてやってくれない？」

「まあっ！　よろしいんですの!?」

リュカの言葉に、わたくしはキラリと目を輝かせました。

「実はわたくし、先ほどからずっとこの体《セレナ》をぷろでゅーすしたかったんですの！　もっと素材を活かして、自然な美しさを全面に押し出したかったのですわ！　ええとまず、お化粧を落として……」

ああ、わくわくいたしますわ！

髪も顔立ちも体型も、前世とは全く違うんですもの！

リュカの許可も頂きましたし、思う存分やれますわ！

あぁでもないこうでもないと自分《セレナ》をどう変身させようか迷っているわたくしを見て、リュカが複雑な表情をしていました。

「お嬢……記憶はあっても、もう以前のあんたじゃないんですね」

しかし、あまりにはしゃいでいたわたくしは、その時リュカが呟《つぶや》いた一言にも、その表情の変化にも、気付くことはできませんでした。

第2章 わたくし悪役令嬢になります！

翌日。

「おはようございます」

「まあ、おはようございます……？」

わたくしはいつものように、リュカを伴って学園へと登校しました。

「おはようございます」

「ええっと……おはようございます……」

すれ違う方々にこうしてご挨拶しているのですが、どうにも皆様わたくしが誰だか分からない様子です。

挨拶を返しては下さいますが、首を傾《かし》げたり、会話に困ったりしています。

それも仕方ありませんわね。

昨日までのわたくしとは見た目がかなり異なりますもの。

「あのっ、美しいご令嬢！　失礼ですが、お名前をお尋《たず》ねしてもよろしいですか？」

そこへひとりの男子生徒が、頬《ほほ》を染めながらわたくしの前に立ちました。

周囲の方々も、興味津々といった様子でこちらを窺《うかが》っています。

そんな彼に向かって、昨日鏡の前で練習した通りに、ふわりと微笑みました。

「セレナ・リュミエールですわ」

「は……？」

声が小さすぎたのでしょうか？　聞こえなかったようでしたのでもう一度名乗りますと、彼は後ずさりしてぷるぷると震えました。

「「「「えええええーーーーーっ⁉」」」」

そして周りにいらっしゃった方々と共に、声を上げたのです。

そんな彼らに、わたくしはもう一度にっこりと微笑みを返しました。


時は遡り、昨日のぷろでゅーす開始から、二時間後。

「……こりゃすげえ」

「ねっ？　美しいでしょう？　わたくしの目に狂いはありませんでしたわね！　ああっ、この世界に着物があればっっ！　洋装も素敵ですが、和装も絶対に似合いますわぁぁ‼」

わたくしは、予想以上の出来に大変満足しておりました。

まずお化粧を落とし、お風呂に入って、なにも飾られていない素のままのセレナになりました。

毎日時間をかけてメイドにセットさせていましたが、本来はクセのない綺麗なさらさらの直毛なのです。

触り心地など、まるで絹糸《きぬいと》ですのよ。

そして化粧ですが、元々顔立ちがくっきりしていますので、それほど塗りたくる必要はありませんの。

さすが公爵家、基礎化粧品は最高級のものを揃《そろ》えておりますし、すっぴんでも十分なのですが、切れ長の眼を綺麗に見せるためのラインを引き、長い睫毛《まつげ》をさらに強調させ、唇も元々の赤みを際立《きわだ》たせる紅を差しました。

結果。

神秘的な美しさと色気を併《あわ》せ持ち、それでいて上品さを少しも損なわない、深窓《しんそう》の令嬢の出来上がりですわ！

「しゃべったら台無しですけどね。でもまあ、悪くはないんじゃないですか？」

「うふふ、これで朝の支度にかかる時間もかなり短縮されそうですわね。今までメイドさんには、ずいぶんと早起きを強《し》いてしまっていましたからねぇ」

きっちりメイクを施《ほどこ》し、髪も入念にくるくると巻くのには、それなりの時間が必要でしたもの。わたくし、睡眠はたっぷりとりたい派なので、できるだけ朝は遅くまで寝ていたいのですわ！

「あー、そのメイドですけど……さっきすげぇ不思議そうな顔してましたよ。なにかしたんですか？」

はて？　わたくしには身に覚えがありませんが……。ああ、でもひょっとして。

この公爵家の使用人達は、セレナに対してあまり良い印象を持ってはいませんでした。

使用人達にまで緊張を解けないセレナは、やはりというか、顔も恐いし口を開いても冗談のひとつも言えない。

恐らく、なにを考えているのか分からないし、不気味に思っていたのかもしれませんね。

ですが相手は公爵令嬢。変な態度を取ることもできず、必要最低限しか寄り付かなくなってしまったのでしょう。

「まあ、かなり人が変わっちまったんだから、そうなるのも当然ですよね」

そうですわね、わたくしなにも考えずに、馴《な》れ馴れしくもぷろでゅーすのお手伝いをお願いしてしまいましたもの。

「もっとしっかりお礼を言うべきでしたでしょうか……。明日、謝らないといけませんわね」

「や、それ逆効果ですから。もっと変な顔をされるだけですよ」

そしてリュカの言う通り、翌朝親しげに話しかけたわたくしは、メイドにぎょっとした目で見られたのです――。

「それにしてもひどくはありません？　少しばかり人が変わったからって、こんなに遠巻きに見なくても」

「いや、全然少しじゃないし。変なもの食ったんじゃないかとか、頭でも打ったんじゃないかとか噂されてますよ。まあ、当たらずといえども遠からずですし、この反応が普通ですよ」

午前中の授業を終え、わたくしはリュカと一緒に学園のカフェテリアにいました。

今世わたくしが暮らしているのは、ルクレール王国という、諸外国との貿易の盛んな大国です。

この国の王族は、王と王妃、それに王子が三人、姫がひとり。

この二番目の王子が、昨日ご令嬢と一緒にわたくしを非難しておりました、婚約者のリオネル殿下です。

わたくし達は共に十七歳、学園の第三学年になります。

学園とは、貴族の子息令嬢が通う学びの場で、十五歳になる年から十九歳になる年までの五年間を過ごします。

基本的にここに通うのは貴族の義務ですので、記憶が戻る前は人見知りだったわたくしも、入学は免《まぬが》れず、こうして通っているということです。

ちなみにリュカは二十五歳ですが、伯爵家以上の高位貴族の子息令嬢のみ従者や侍女をつけることが許可されておりますので、こうしてわたくしのフォロー役……お目付け役の方が良いでしょうか？　その役割を担って学園に共に登校しているのです。

「ですからせめて、深窓の令嬢モードでいて下さいね。興奮すると変なのが混ざっちゃうんで、気を付けて」

さり気なくリュカが失礼なことを言いましたわ。

まあ確かに、気が昂《たか》ぶると早口になって少しばかり発言も大胆になりがちですけど……。

「いやだから、全然少しじゃねぇから」

リュカってば、たった一日で遠慮なく突っ込んでくるようになりましたね。

どうやら度が過ぎると素が出てしまうみたいです。

「分かりましたわ。暴走しないように気を付けます！　指切りでもいたしましょうか？」

「暴走……はマジ止めて下さいね……」

脱力するリュカの小指に、わたくしはしっかりと自分の小指を絡めて約束したのでした。

そうして学園での注意事項をふたりで確認し、わたくし達が席を立つと、うしろから聞き覚えのある甲高い声に呼び止められました。

「いったいどういうつもりですか⁉」

驚き振り向くと、そこには昨日リオネル殿下の隣に立っていた、ミア・ブランシャール男爵令嬢が仁王立ちしていました。

まあ、まるで精一杯虚勢《きょせい》を張って敵の前に立つ小動物のようですわ。

そうですわよね。きっとおふたりは恋仲。

リオネル殿下を想う気持ちは、婚約者《わたくし》よりも強いはずですもの。

物語のヒロインのようで素敵ですわぁ……。

その姿にうっとりとした視線を向けると、ミアさんはなぜか後ずさりをして怯《ひる》んだ様子です。

多少イメージを変えたとはいえ、わたくし元々キツく見られてしまう容姿ですからね。

そう簡単に警戒は取れないようです。

「な、な、なにを考えているんですか!? あたしになにかしようなんて思わないで下さいよ！

あたしには、リオネルがついているんですからね！」

及び腰になりながらも必死に足を踏ん張り、わたくしに向かって指を差していますが……人を指差してはいけませんわ。

それに前世ならばともかく、婚約者でない男性を呼び捨てにするのは、この世界の作法に反します。

あああ……せっかく可憐なヒロインですのに、無作法なのは勿体《もったい》ないですわ……。

「な、な、なんですかその目は！ あたしのこと、バカにしてますね!?」

残念な気持ちで見つめていると、今度は怒られてしまいました。

悪気はなかったのですが……そのように感じてしまったのなら、申し訳ないことをしてしまいました。

「申し訳ございません……。ただ、その、勿体ないなと思ってしまったものですから」

正直に胸中《きょうちゅう》を伝えると、ミアさんの顔が真っ赤に染まりました。

「〜〜っ！　あたしなんかに、リオネルは勿体ないって言いたいの⁉」

キッと目を鋭くして睨まれてしまいました。

「いえ、そうではなく……」

「あんたなんか！　悪役令嬢なら悪役令嬢らしく、毒々しい見た目で嫌われ役やっていれば良いのよっ！」

「誤解です」と告げようとするのを遮《さえぎ》り、ミアさんはそう吐き捨てると、淑女らしからぬ形相で走り去って行きました。

……はて？

「〝悪役〟令嬢って、お嬢、いったいいつから舞台女優になったんです？」

隣にいたリュカも、呆気《あっけ》にとられています。

「それが、わたくしにも身に覚えがありませんの。わたくしお芝居は嗜《たしな》んだことがありませんので、きっとミアさんの勘違いだと思うのですが……」

ですが、確かに望まれぬ婚約者《わたくし》という恋の障害は、おふたりにとっては〝悪役〟なのかもしれませんね。

それにしても〝悪役令嬢〟だなんて、言い得て妙ですわ！

「悪役令嬢、悪くありませんわね……」

「……あー、お嬢、俺、なんか嫌な予感がするんですけど」

顔を引きつらせたリュカに顔を向けると、わたくしは喜々として宣言しました。

「決めました！　わたくし、〝悪役令嬢〟になってあのおふたりの恋を応援いたします！　まだ恋を知らぬこの身、役者不足なのは承知しておりますが、精一杯努めさせて頂きますわ！」

「嘘だろ……」とリュカがボヤきましたが、こんなに素敵なことはありません。

「王宮から望まれての婚約であることは理解しておりますが、心から愛し合うおふたりを引き離すことは、人道に反する行為ですもの」

それに、今際《いまわ》の際《きわ》に両親のような恋をしたかったと望んだわたくしなればこそ、このお役目に適しているのではないでしょうか。

悪役とはいえ、そんな真実の愛を結ぶためのお手伝いができるだなんて……。

「どうしましょうリュカ。わたくし胸がどきどきしてきましたわ……！」

「奇遇《きぐう》ですね。俺も胸がバクバクしてきました。そして変な汗までかいてきましたよ」

「まあっ！　大丈夫ですの？　どこか悪いのではありませんこと？」

よく見れば、顔色も悪い気がします。

大変ですわ！　鼓動が激しく冷や汗をかくなんて、熱もあるのではないかしら？

「ひょっとして、なにか悪い病気かもしれませんわ。ああどうしましょう、お医者様を呼びましょうか？」

「……いや、俺はあんたこそ医師に診てもらいたいんですけど」

「まあ。前世はともかく、わたくし今は至って健康ですわよ。ささ、遠慮なさらずわたくしにつかまって下さいな」

「いや、そういう意味じゃなくて。さっき、暴走しないって約束したんじゃねぇのかよ……。はぁ、もう良いです。早く帰りましょう」

わたくしの手を借りず、ひとりですたすたと歩く様子から、どうやらリュカは本当になんともなさそうです。

それにしても自分よりわたくしの心配だなんて、前世で病気に罹《かか》っていた話を聞いたからって、リュカはずいぶんと過保護ですわねぇ。

ですが、わたくしの突拍子《とっぴょうし》もない話を信じてくれて、こうして心配してくれるということは、とてもありがたいことです。

「ありがとうございます、リュカ。中身は多少変わってしまいましたが、これからも変わらず頼りにしていますわ」

「……だから、多少じゃないですって……」

頬を染めてぷいっとそっぽを向くリュカに胸が温かくなるのを感じながら、わたくし達はカフェテリアを後にしました。

第3章

リュミエール公爵家はこんな家族でしたのね

その後もリュカは疲れた表情こそしていましたが、足取りはしっかりしていました。

これなら心配なさそうですね。

ふたりでいつものように公爵家の馬車に乗り込もうとすると、何人かの生徒にまたぎょっとした顔をされました。

あまり不躾《ぶしつけ》に見られるのは苦手ですが、ここはセレナの美しさに見惚れてしまっているからだと、我慢ですわね！

昨日までの巻き髪ときっちりメイクも、実はとても凛々《りり》しくて格好良かったのですが、先ほどミアさんに指摘されたように、確かに悪女っぽかったのですよね……。

人見知りが原因で表情が乏《とぼ》しく、目つきが悪かったせいもありますが。

自分で言うのもなんですが、誤解されやすいけれど元々セレナは謙虚で優しい性格。

無理にリオネル殿下の好みに合わせなくても、ありのままの姿で十分美しいのです。

まあ、婚約者に少しでも好かれようという努力は、とても素晴らしいのですけれど。

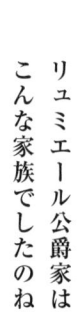

昨日までのわたくしには申し訳ないのですが、殿下の隣はミアさんにお譲りいたします。記憶が戻る前も、別に殿下に恋心を抱いていたわけではありませんし、今だってミアさんから奪い返そうと思えるほどの強い想いはありません。

「あーところでお嬢、まさかとは思いますけど、先ほどの悪役令嬢になるとかナントカってやつ、本気ですか？」

「？　もちろんですわ」

公爵邸までの馬車の道中、恐る恐るといった様子でリュカがそう尋ねてきました。

わたくし冗談は言いますが、もし冗談ならすぐに訂正しますもの。

ですが、そうですわね。わたくしの勝手をリュカに押しつけてはいけませんわね。

「リュカは、反対ですの？　ならばわたくしひとりで……」

「や、それはないから」

心細いながらもひとりで頑張ろうと決意しかけたのですが、それは却下されてしまいました。

「んなことしたら、殺されますよ。まあ、そうじゃなくても見放したりしませんけど……」

殺される？

誰に……そう問いかけようとした時、馬車が静かに止まりました。

どうやら公爵邸に着いたようですし、この話はまた後にしましょう。

先に降りたリュカの手を借りて馬車から降りると、きらびやかな公爵邸の前に、メイド達が並んで頭を下げていました。

いつもの光景とはいえ、前世の記憶を取り戻した後だと、少しやりすぎでは？　と思ってしまいますね。

「「おかえりなさいませ、お嬢様」」

普段なら綺麗に揃った挨拶をしますのに、今日はほんの少し戸惑《とまど》いが混じっています。

登校時にわたくしを見ていなかった方達でしょうね。

さすがにじろじろ見られることはありませんし、徐々に慣れてくれるとは思いますが……。

「おや、執事達の言っていたことは本当のようだね」

「……ふん、どういう風の吹き回しだ？」

どことなく落ち着かない出迎えにこっそりため息をついていると、エントランスの前に、ふたりの男性が立っていました。

「お兄様方、ただいま戻りました」

「ふふ、僕達の目を見て挨拶してくれるなんて、珍しいね」

「おまえ、本当にセレナか？」

彼らはわたくしの兄、ランスロット・リュミエールと、エリオット・リュミエールです。

長兄のランスロットお兄様は、お母様譲りのサラサラの淡い金髪に緑の眼の、一見すると優しい美貌の紳士ですが、中身は公爵家の嫡男らしい頭脳と狡猾《こうかつ》さを持ち合わせています。

今年二十三歳になり、今は公爵である父上様について、一緒に仕事をしています。

次兄のエリオットお兄様は、ちょうど二十歳。

エリートとされる王立騎士団に所属しています。

わたくしと同じ黒髪と鋭い紫の眼をしており、騎士らしく厳格な雰囲気の持ち主です。

朝はすでにおふたりとも出かけてしまっていてお会いできなかったのですが、どうやら執事のポールにわたくしの変化を聞いて、確かめるためにこうして帰宅を早めたようですね。

「嫌ですわ、少し外見を変えたくらいで大袈裟《おおげさ》な」

微笑むと、おふたりは珍しいものを見たかのように、目を見開きました。

「……これはまずいね」

「ああ。即刻、対策が必要だな」

おふたりは顔を見合わせ、目で会話するように互いに頷《うなず》き合っています。

〝対策〟とは、いったいどういうことでしょう？

いくら少しばかりわたくしの様子が変わったからといって、ここまで関心を持たれることはないはずなのですが……。

今までのおふたりは、わたくしに冷たく当たることこそありませんでしたが、特別かわいがるわけでもなく、付かず離れずといった距離感でした。

ああ、でも、いつも顰《しか》めっ面のエリオットお兄様だけでなく、割と優しく接してくれていたランスロットお兄様も、胸の内ではわたくしを嫌っていたのかもしれませんわね。

昨日までのわたくしは、根は悪くないけれど上手く自分を表に出せない性格で、あまり彼ら好みとは思えませんもの。

弱い者いじめをするような方達ではないので、我慢して家族としてある程度の関わり方をして下さっていたのかもしれませんね。

頬に手を当てて、うーんと首を捻《ひね》ります。

これからのことを考えると、少しだけでも関係を改善できると良いのですが……。

「……セレナ、いつの間にそんな男を誘うような仕草を覚えたんだい？」

兄弟関係についてあれこれ考えていますと、いつの間にかランスロットお兄様に至近距離から覗《のぞ》き込まれていました。

「……おい、ランスロット。あまり近付いてはセレナが怖がる」

そんなランスロットお兄様に、エリオットお兄様が眉を顰《ひそ》めています。

わたくしを気遣うようなお言葉ですが、珍しいですね。

一緒になってじろじろ見てきたりするのではと思っていたのですが。

「うーん。でも、全然平気そうだよ？　外見だけでなく中身も変わったという話だから、少しぐらい触れても大丈夫なんじゃないかな？」

「！　ランスロット！」

エリオットお兄様が止めようとしたのも聞かず、ランスロットお兄様はわたくしの頬にそっと手を伸ばしました。

そして少しだけ指で撫でられたような感覚がします。

「！！！」

それを見て、なぜかエリオットお兄様は驚愕《きょうがく》しているのですが……。

これは、まさか。

「ず、ずるいぞ、ランスロット！　俺だってセレナが怖がるからずっと我慢していたのに！　俺にも触らせろ！」

そう言いながらエリオットお兄様は、わたくしの体をランスロットお兄様から奪い取るようにして、自分の方に引き寄せました。

そして、恐る恐るわたくしの頭を撫でたのです。

「本当に触れても怖くないのか……？　ああ、やっと堂々とセレナを撫でられる！　いつも唇を噛みしめて我慢していたのだが、もうそれも必要ないのだな！」

わたくしの反応を見て嫌がられていないと思ったのか、エリオットお兄様はがばっと抱き着いてきました。

「おい！　さすがにやりすぎだろう！」

「ふん。羨ましいからって、必死すぎて醜《みにく》いぞ、ランスロット！」

そしておふたりは、わたくしを挟んでぎゃーぎゃーと争い始めました。

わたくしってば、もしかしなくても……。

お兄様方に、溺愛、されていましたの？

お兄様方の不毛な言い争いを宥《なだ》め、わたくし達は談話室へと移動しました。

家族でお茶を楽しめるようにと、大きめのテーブルの周りにゆったりとしたソファが置かれています。

そこにどのように座っているかと言いますと……。

「おい、ランスロット。狭い」

「おや、なら君は別のところに座ったらどうだい？」

「どうして俺が！　おまえが移動しろよ！」

「……お兄様方、わたくしの頭の上で言い争うのはお止め頂けます？」

そうです、わたくしを間に挟んで右側がランスロットお兄様、左側をエリオットお兄様が、一脚のソファに座っているのです。

三人掛けのソファとはいえ、わたくしも女性としては背が高い方ですし、お兄様方はそれよりさらに十センチ以上高身長です。

そのうえエリオットお兄様は騎士らしくガッチリした体型をしておりますから、正直言って、ぎゅうぎゅう詰めなのですわ……。

そしてそんなわたくし達の状況を、執事のポールはにこにこと、そしてリュカは面白そうににやけ顔で見ています。

それにしても、まさかですわ。

お兄様方はわたくしのことを扱い辛く感じているのだと思っていたのですが、よもや引っ込み思案《じあん》なわたくしを気遣い、遠慮していただけだったとは……。

思い込みというのは、恐ろしいものですわね。

ですが、これは好機です。

わたくしが立派な悪役令嬢となれるよう、お兄様方に協力して頂けないかとお願いしてみましょう。

いまだに君が！　おまえが！　と争うおふたりの間で、すうっと息を吸い、口を開きます。

「お兄様方」

そうひと声発すれば、おふたりはぴたりと諍《いさか》いをお止めになりました。

「わたくしはお話をしたくてここに来たのですが。そうやっておふたりだけで仲良くされるなんて、悲しいですわ」

頬に手を置き、ふうっとわざとらしくため息をつけば、両隣から慌てた声が聞こえてきた。

「ち、違う！　おまえをのけ者にしようなんて思ってない！」

「ごめんねセレナ。こうして君と触れ合えるのが嬉しくて、つい独り占めしたくなってしまったんだよ。大人気《おとなげ》なかったね」

本当にそうですわ、ランスロットお兄様。

「ならば平等に、こういたしましょう？」

笑顔でぽんっと胸の前で手を打つと、わたくしは腰を上げました。

そして、向かいのソファにひとり、座り直しました。

「こうすればお顔もよく見えますね。やはり話をする時は、相手のお顔をよく見ませんと」

意図せずふたりでソファに掛ける形になったお兄様方は、不本意そうにしながらも居住まいを正し、わたくしに向き合って下さいました。

……いえ、エリオットお兄様が別のソファに座り直しました。

三人掛けでも、長身の男性ふたりは狭かったのかもしれませんね。

そうして三つのソファにひとりずつ座ったところで、コンコンと扉がノックされました。

誰でしょう……と思っていると、開かれた扉から現れたのは、なんと。

「「父上、母上!?」」

今世の父上様と母上様でした。

「兄妹水入らずのところ悪いが、同席させてもらうぞ」

父上様は、ヴィクトル・リュミエール公爵。

わたくしやエリオットお兄様と髪色や雰囲気の似た、歳を重ねてもなお劣らない冷たい美貌の方です。

青みの帯びた灰褐色《はいかっしょく》の眼は鋭く、「冷徹《れいてつ》公爵」と呼ばれるほどに厳しいと有名なのです。

「ごめんなさいね、私達も話があるの」

母上様は、アンジェリーヌ・リュミエール公爵夫人。

輝くような金髪をゆるめに纏め、煌《きら》めく翠《みどり》の瞳と、四十代とは思えない若々しく優しい顔《かんばせ》のとても美しい方です。

まあつまり、わたくしとエリオットお兄様が父上様似で、ランスロットお兄様は母上様似ということですわね。

「お話、ですか……？」

わたくしもお兄様方に大切なお話があったのに……！　と、不満な気持ちが表情に出てしまっていたのか、あらあらと母上様がわたくしを窘《たしな》めました。

「そんな顔をするものではなくてよ。すっかり変わってしまったという話だけれど、相変わらず私の前ではポーカーフェイスは苦手なのね？」

そう言いながらも、どこか楽しそうです。

どう反応して良いものかと悩んでいると、父上様と母上様は一脚だけ空いたソファに隣り合って座りました。

するといつの間に呼んだのか、メイドが音も立てず入室し、手早く全員分のお茶を淹《い》れて下がって行きました。

おふたりは悠々とカップを手に取り、リラックスした様子でお茶を一口飲むと、徐《おもむろ》に父上様が口を開きました。

「それでセレナ。君のその変貌ぶりはどうしたんだ？　あの第二王子《クソガキ》の節操《せっそう》ない言動のせいか？　それとも、女狐のせいなのか？」

まあ、父上様ったら、ものすごく恐いお顔。

殿下とミア様の関係をご存じで、わたくしが自暴自棄《じぼうじき》を起こしたとでもお考えなのでしょう。

王宮からの要請で婚約関係を結んだというのに、公爵家を馬鹿にしているとお怒りなのだと思います。

そして、そんな殿下のお心を繋ぎ止められなかったわたくしに対しても。

冷徹公爵と名高い父上様は、自分にも人にもとても厳しい方です。

心を許した者以外にはとても冷徹ですし、利益を見出せないと分かると、容赦なく切り捨てます。

父上様もお歳を感じさせない冴え冴えとした美貌ですが、母上様と違って冷酷《れいこく》さが際立っています。

婚約破棄したいと言えば反対はされないかもしれませんが、悪役令嬢になるというわたくしの計画の味方になって頂くのは、公爵家の利益を考えると難しいですわよね……。

お兄様方のように、実はわたくしを溺愛していた！　とかですと、まだ可能性はあるのかもしれませんが、それは万にひとつもないでしょうしね。

「あなた。そんな顔をしていては、せっかく目を見て向き合ってくれているセレナがまた怖がってしまいますよ？　セレナ、お父様はあなたに怒っているわけではないから、大丈夫よ」

母上様が、天使の微笑みでわたくしを安心させようとしてくれています。

若い頃はこの笑顔で何人もの殿方を虜《とりこ》にしていたことでしょうね。

「まあ、あの殿下とご令嬢の頭の悪さには大変お怒りだけれど。もちろん、私もね」

母上様は、今度は目に仄暗《ほのぐら》い光を灯して綺麗に笑いました。

……中身と外見とのズレが大きくて、この微笑が父上様以上に恐ろしく感じることもあるのです。

母上様は、間違いなく怒らせてはいけない方だと思います。

と、ここで、父上様が「セレナ」とわたくしの名前を呼びました。

返事をして父上様の方を見ると、まさかの光景に、えっ？　と思わず驚きの声を上げてしまいました。

「いくら国王陛下からの強い要望があったとはいえ、あんな男をおまえの婚約者に据えてしまって……本当に悪かった……ううっ」

なんと、父上様の目から、ほろりと雫《しずく》が流れています。

鬼の目にも涙。

父上様を知る方なら、皆様そう思ったかもしれません。

それくらい、わたくし達も見たことのない異様なお姿です。

「泣かないで、あなた。セレナも心配しないで頂戴。あのクズ共は私達がちゃんと処理……いえ、王宮に苦情を入れておくからね」

そして、先ほどよりもさらに真っ黒いなにかを感じる母上様の微笑。

これは、まさか。

まさかまさか、万が一の可能性ですか？

「うむ、それについてはまた話し合おう。セレナは目立つのが嫌だろうからと、おまえを大切にする姿を社交界で見せずにいたのも悪かったな。変な気遣いなどせず、大切に思う気持ちをきちんと表現すれば良かった。すまなかった、セレナ」

これは、やはり。

父上様・母上様にも実は溺愛されていたということでよろしいでしょうか……？

お兄様達にも驚きましたが、母上様はともかく父上様までわたくしを愛して下さっていたとは。

以前のわたくしも家族の皆も、少しだけ不器用だったのかもしれませんね。

ですが、今のわたくしを愛して下さるかどうかは、分かりません。

如月怜奈としての中身が強いわたくしを、娘だと、妹だと認めて下さるでしょうか？

愛する家族の身体を、怜奈《わたくし》が乗っ取ったのではと考えたりはしないでしょうか？

上手く説明はできませんが、わたくし自身は、セレナとわたくしが同じ人間だということが分かります。

だけど、それを信じてはもらえるでしょうか……？

そう考えると、リュカだって今のところは味方になってくれていますが、本心ではどう思っているのか分かりません。

以前のわたくしもちゃんと愛されていたのだと喜ぶべき時なのに、それと同時に怖くもあります。

急に猛烈《もうれつ》な不安に押し潰されそうになり、わたくしは俯《うつむ》きました。

その時、カタカタと小さく震えるわたくしの肩に、いつの間にか隣に座っていたランスロットお兄様がそっと触れました。

「急にどうしたんだい？　すごく中身が変わったと思ったら、またいつものように背を丸めて俯いて」

少しだけ目線を上げると、ランスロットお兄様は穏やかな微笑みを浮かべていました。

「今までちゃんと言葉にしてこなかったから、これからはちゃんと伝えるよ。僕達はいつも君の味方だ。不安なことがあるなら、話してみると良い」

その優しい声に、ほろりと涙が流れました。

これは、記憶を取り戻す前の、セレナの心が流した涙でしょうか。

前世の記憶が戻ったという話を、正直に話しても良いのかは分かりません。

けれど、ずっと黙っているのは、家族を騙《だま》しているようでいけないと思いました。

いえ、ただわたくしが耐えられなかっただけかもしれません。

ですから、わたくしは肩に置かれたランスロットお兄様の手をきゅっと握りしめて、口を開いたのです。

前世のわたくしのことも、転生したことも。

なにもかも、全てお話しするために――――。

「――――ですから、わたくしはこのように、昨日までのわたくしとはすっかり変わってしまったのです」

ああ、結局全部語ってしまいました。

最初は、お兄様達にただ悪役令嬢になりたいと話すだけのつもりだったのに。

けれど、これで良かったのかもしれません。

いつかは、話さなければいけない時が来るのでしょうから。

もしもここで家族から罵倒《ばとう》されたり泣いて責められたりしても、受け入れないと。

公爵家から追い出されるかもしれませんね。

そうすればリオネル殿下との婚約もなかったことになるでしょうし、回りくどいことをしなくても、殿下はミアさんと幸せになれます。

そうなれば、おふたりにとっては良いことなのでしょう。

わたくしも、平民になって好きなことをして暮らしても良いかもしれませんね。

実は婚約破棄された暁《あかつき》には、公爵家を出て平民になろうと密《ひそ》かに思っていたのです。

そうなれば、恋愛も自由ですし、もしかしたら運命の人に出会えるかもしれません。

そう考えたら、家族やリュカ達と離れるのは辛いですが、わたくしにとってそんなに悪いことではないはず。

その時期が少し早まるだけのこと。絶交されようと追い出されようと、そのまま受け入れましょう……。

「なんだか良くないことを考えているみたいだけど。セレナ、ちゃんと僕達の方を見てくれないかい？」

ひとり満足し、この先のことを考えていると、ランスロットお兄様から優しく声をかけられました。

その声の柔らかさに驚きつつ顔を上げると、皆の表情は、わたくしが予想していたものとはずいぶん違っていました。

ランスロットお兄様と母上様は、穏やかな笑みを。

父上様とエリオットお兄様は、泣くのを堪《こら》えたような顔をしていました。

「ええっと……あの」

「よく話してくれた、セレナ」

戸惑うわたくしを、父上様が見つめています。

「おまえの話を聞いて、その変化に全て納得がいった。だが、前世の記憶が戻ったといっても、セレナはセレナだ。むしろ、こうしてきちんと話をする機会をくれたことに、感謝している」

「そうね、ちょっとした仕草は変わっていないし、色々といらぬことまで考えてしまうところも一緒ね。ふふ、ポールにあなたのことを聞いて、どんなに変わってしまったのかと思ったけれど、安心したわ」

母上様も、そう言ってにこりと微笑んでくれました。

「あなた、まさか私達が元のセレナを返して！　なんて怒るのではと思ったのではなくて？　馬鹿ねぇ、あなたはあなた。私達のかわいい娘よ」

わたくしを娘だときっぱりと告げた母上様に、お兄様達も頷きます。

「まあちょっと驚きはしたけどね。別に昨日までのセレナが死んだわけじゃない。ちゃんと、セレナ・リュミエールとして生きている。むしろ、背筋を伸ばして、美しさと強さに自信を持った姿を見ることができて、僕は嬉しいんだよ」

「……俺は、記憶を取り戻して色々と混乱もあるだろうに、そうやって人のことばかりを考えるおまえは、昨日までのセレナと変わらないなと安心している。昨日今日と学園でのことも聞いている。どうせあの第二王子《クソガキ》のことも、身を引こうとか考えているんだろう？」

……いえ、ランスロットお兄様。

セレナが美しいのは元々で、わたくしはただ見せびらかしたかっただけと言いますか……。

そしてエリオットお兄様。

身を引こうとかそういうわけではなく、そもそもわたくしは殿下に興味がないので……。

「そして前世の母君のなんたる高尚《こうしょう》なお言葉……。同じ母として、尊敬します！」

あ、母上様、それについては同意ですわ。

前世の母上様は本当に素晴らしい方でしたもの！

「うんうん」とわたくしが嬉しそうに頷けば、安心したように皆も微笑みます。

少しだけ和んだ空気に、父上様がこほんと咳払いをしてから口を開きました。

「それにしても、父も母もふたりでは、なにかと不便ではないか？　セレナの呼ぶ、父上様・母上様とは、前世の父君・母君の印象が強いのだろう？　私達のことは、以前のように、お父様・お母様と呼んではどうだ？」

「そうね。前世のご両親のこともあるから複雑かもしれないけれど、私達のこともちゃんと家族と見てくれると嬉しいわ」

「！　もちろんですわ！　お父様とお母様にも、とても感謝しておりますもの……！」

迷いなくそう言い切れば、おふたりはほっとした表情を浮かべました。

わたくしがそうだったように、お父様とお母様も、わたくしが父母と慕ってくれるだろうかと不安だったのかもしれません。

「もちろん前世の両親のことは、今でも大切に思っています。けれど、お父様もお母様も、お兄様方も。わたくしにとって、とても大切な家族に変わりはありません」

前世の記憶も全て含めて、わたくしだと。

父上様や母上様のことを忘れなくても良いのだと、そう言ってくれました。

そんな人達が、わたくしの家族だなんて。

「わたくし、とても幸せです」

この生を与えて下さった神様に、感謝です。

「で、なんか良い感じに纏まったところで、ひとつ良いですか？　お嬢の婚約者、第二王子《クソガキ》についてはどうします？」

忘れていましたが、リュカもポールもいたのでしたわ。

ぱっとそちらを振り向くと、ポールは泣きながら「うんうん」と満足気に頷いてわたくし達を温かい目で見ていました。

まあポールなら信頼できる執事ですし、大丈夫ですわね。

「旦那様やランスロット様、エリオット様からおど……命じられて、お嬢に危険のないようには守っていますけど。お嬢からはなにもしないでと言われるし、正直だんだんキツくなってきたんですよね。あの第二王子と男爵令嬢《バカップル》の対応」

あら？

リュカったら、命じられてって言い直しましたけれど、なにを言おうとしたのでしょう？

そしてかの方々のお名前に、部屋の温度が急激に下がったような気が……。

そこで当初の予定だった、悪役令嬢の件について思い出し、おずおずと口を開きました。

「そのことですが、お父様、お母様、お兄様。わたくし、リオネル殿下のことは、なんとも思っていませんの」

「「「は？」」」

「まあ。好意を持ってはいないということかしら？　それは、記憶が戻ったから？」

呆気にとられる男性陣の様子を見ると、わたくしが殿下を少なからず想っているのだろうと考えていたのでしょうね。

「いいえ。その前からですわ。公爵家に迷惑をかけたくないですし、わたくしもできるだけ仲良くしたいと思い、努力してきたのですが……。結果は、不甲斐《ふがい》ないもので申し訳ないことですわ」

お母様の疑問にしゅんとしてそう答えると、エリオットお兄様が机を叩きました。

「謝ることなどない！　そもそもこの婚約は、王宮からの強い申し出を仕方なくリュミエール公爵家が聞き入れただけだ！　それなのに、あの第二王子《クソガキ》共は……！」

ぶるぶると震えるお兄様は、大変怒っているようです。

「いいえ、わたくしもいけなかったのですわ。上手くお話もできないし、ミアさんのように可憐な笑顔で癒やして差し上げることもできませんでしたから」

わたくしのために怒って下さるのはとても嬉しいですが、かの方々の互いを想う気持ちを踏みにじってはいけません。

「ですから、わたくし〝悪役令嬢〟になろうと決めたのですわ！」

「「「〝悪役令嬢〟??」」」

あちゃーとリュカが頭を抱えたのが見えましたが、わたくしは意を決して、皆に殿下とミアさんを応援したいのだと伝えました。

悪役を演じ、わたくしとの婚約を破棄したいと殿下が思うのも致し方ないと、周囲の方々に思ってもらおう、ということも。

「その間公爵家には迷惑をかけますが、どうぞ全てが終わりましたら、勘当《かんどう》して平民にしてやって下さいませ。皆様のお心を知った今、共に暮らせなくなるのは寂しく思いますが、時々便りを出すくらいはお許し頂けますか？」

「――っ、なんでおまえが！」

「まあまあエリオット。話はよく分かったよセレナ。もう一度聞くけれど、君はリオネル殿下のことを本当になんとも思っていないんだね？」

カッとなったエリオットお兄様を抑えて、ランスロットお兄様がわたくしに確認しました。

「そうです」と答えれば、「ふうん」と何事かを考えるように、お兄様は宙《ちゅう》を見上げます。

そうして少しすると、にっこりとわたくしに向かって微笑みました。

「〝悪役令嬢〟ね。面白いじゃないか、それ」

「「ランスロット!?」」

お父様とエリオットお兄様が冗談だろう!? と激高《げきこう》しそうになるのを、まあまあと制します。

「でも、そうだねぇ。完璧な悪役になりたいなら、才色兼備《さいしょくけんび》、文武両道であってほしいよね」

「！　さすがランスロットお兄様ですわ！　そうなんです、やはり完璧な悪役令嬢を倒してこそ、主役達の恋が際立つというものですわよね！」

「なに言ってんだ。こいつら」と言う目で、リュカがわたくしとお兄様を見ている気がしましたが、今は無視です。

「じゃあこれからたくさん勉強しないとね。座学はかなりの好成績だけれど、マナーやダンス、立ち居振る舞いや交渉術なども最高レベルを目指してほしいね」

ランスロットお兄様の目がきらりと光った気がしました。

そしてお母様も、なにかを思いついたように「それは良いわね」と賛同してくれました。

「はい！　わたくし、これからかの方々の恋を成就《じょうじゅ》させるために美しく散る、完璧な悪役令嬢を目指して精進いたしますわ！」

「あ、第二王子と男爵令嬢《バカップル》のことはどうでも良いんだけど」

「はい？　ランスロットお兄様、なにかおっしゃいました？」

ぼそっと呟いた内容が分からず聞き返したのですが、「なんでもないよ」と曖昧《あいまい》に微笑まれてしまいました。

「さて、セレナはそろそろ自室で休むと良いよ。学園でも色々あったみたいだし、記憶を取り戻して精神的にも疲れているだろうからね」

まあ、ランスロットお兄様は本当にお優しいのですね。

表面は優しくてその実、心の中は黒い……ええと、腹黒と言うんでしたかしら、それだと思っていましたが、かわいい妹にはこんなに慈悲《じひ》深い眼差しを送って下さるのですね。

「ありがとうございます。確かに、無意識に気を張っていた部分もあるようで、皆に話して安心したら、少し眠くなってきましたわ。お言葉に甘えて、夕食まで休ませて頂きます」

「そうね。私達はもう少し、その〝悪役令嬢〟について相談しているから、あなたは気にせずお休みなさい」

お母様もランスロットお兄様の逆隣に座って、優しく頭を撫でながら気遣って下さいました。

勇気を出して、全て打ち明けて本当に良かったです。

「では、また夕食時に。お父様、お母様、お兄様方。本当に、ありがとうございます」

精一杯の感謝の気持ちを込めて退席の挨拶をし、リュカと共に自室へと向かいます。

母上様。わたくし、新しい世界でも頑張っていけそうですわ。

だって、わたくしには支えてくれる家族がいる。

それがこんなにも頼もしくて、温かい気持ちになるものなのだなと感慨《かんがい》深く思いながら、廊下を歩いて行くのでした。

◆◆◆

セレナがリュカを伴《ともな》い自室に戻るため談話室の扉を閉めた時、それまで柔和《にゅうわ》だったランスロットの表情が一変した。

「────さて、どうしてくれようか？」

口元から一切の笑みを消し、眼は冷たく光っていた。

そんなランスロットの様子も当然だと、リュミエール公爵家の面々が次々と口を開く。

「決まっている。皇位継承権剥奪《はくだつ》だ」

「生温《なまぬる》い。その女狐共々追放だな。平民落ちとさせるか」

エリオットとヴィクトルがきっぱりと言い切ったところに、あらあらとおっとりした声が割って入った。

「あなた達そんなことでよろしいの？　じわじわと追い詰めて、追放された方がマシだったと思うくらいの苦痛を味わわせないといけないのではなくて？　私なら、そうねぇ……。いつでもその憐《あわ》れな姿を見られるところに置いて、常にセレナを裏切ったことを後悔できるように痛めつけ続けるけれど」

息子と夫の答えに笑顔でそう返すリュミエール公爵夫人を見て、側《そば》に控えていた執事のポールは寒気を覚えた。

「さすが母上。気が合いますね」

それににっこりと同意するランスロットとは間違いなく親子だなと、ぞっとする。

見た目と雰囲気から、一見すると公爵やエリオット、セレナの方が冷たい人間だと思われがちだが、身内は知っている。

一番冷酷非道《れいこくひどう》なのは、この夫人と長男だと。

「うふふ。それで、どうするつもり？　〝悪役令嬢〟になりたいというあの子の願いを叶えるふりをして、第二王子《バカ》と男爵令嬢《者共》を調理していく魂胆《こんたん》なのでしょう？」

「ええ。まずはセレナを誰にも文句のつけられない、完璧な令嬢に仕立てます。そして、奴らの愚《おろ》かさを露呈《ろてい》していくつもりです」

「そうねぇ。前世の記憶を取り戻したからかしら、自信のなさがすっかりなくなって、元々身に付いていた立ち居振る舞いも完璧に近いわ。座学も元より優秀だし、会話からも品格と知性を感じた。そのうえ以前と変わらない純粋さを持っていそうだから、そう難しくはないでしょうね。前世のご両親の教育の賜物《たまもの》かしら。少し悔しいわね」

夫人は子どもを思うひとりの母親らしい表情を見せて俯いたが、すぐに顔を上げてランスロットの目を見た。

そしてランスロットもまた、しっかりと母親の視線を受け止め頷いた。

「セレナの素晴らしさを目の当たりにすれば、奴らは勝手にボロを出すでしょう。こちらに一切の咎《とが》なく婚約破棄できるよう、根回しします。その後の奴らの行く末につきましては――ご想像にお任せします」

そしてふたりはふふふふと、黒いなにかを醸《かも》し出しながら微笑み合った。

パッと見たところ穏やかに親子が会話をしているだけなのに、その内容と目の奥に潜《ひそ》む怒りが見えてしまって、恐ろしすぎる。

冷酷、冷淡と言われ慣れている公爵と次男は思った。

私達などまだまだだ、と。

ふたりが黙っているのをちらりと見て、ランスロットは話題を変えた。

「それにしても、予想以上にかわいらしくなってしまったね。あれは王子以外の虫達まで誘われてしまわないか、心配なんだけど」

「……それには激しく同意する。頬に手を当てて首を傾げる仕草は、兄の俺でさえ惑わされた」

「ちょっと待て。第二王子との婚約破棄は大歓迎だが、だからといって他の虫ケラ共にセレナをやるつもりはないぞ！」

男達の過保護な発言が飛び交う中、セレナの母であるアンジェリーヌは、あらあらと楽しそうにそれを見守っていたのだった。

「良かったですね、お嬢。家族とも和解、悪役令嬢とかなんとかも、なぜか許可が下りました
し」

自室に戻りソファに座ると、リュカが温かいお茶を淹れてくれました。

「はい。前世などという突拍子もない話を信じてくれて、そんなわたくしを受け入れて下さったこと、本当に感謝していますわ」

カップを手に取って一口含むと、優しい香りが広がります。

リュカの気遣いが込められているようで、胸が温かくなりました。

「リュカも、ありがとうございます」

「……なんで俺ですか？」

「あら、最初にわたくしを受け入れて下さったのは、リュカでしょう？　同じように、感謝していますのよ。リュカのおかげで、わたくしは今こうしていられるのですもの。お礼くらい言わせて下さいな」

「……別に」

リュカはふいっと顔を逸《そ》らしてしまいましたが、その耳元が赤くなっているのが見えました。

優しいのに、素直じゃない。

以前のわたくしも、こういう少し不器用な優しさに救われていました。

「見ていて下さいませね。わたくし、立派な悪役令嬢になってみせますから！」

「や、だから俺はそんなの望んでねぇですから。つか、平民になるとか聞いてねぇし……」

決意を新たにそう告げると、リュカが脱力してしまいました。

優しいリュカは本心では反対なのかもしれませんが、家族にも伝えてしまいましたし、心が変わることはないでしょう。

「お茶、ごちそうさまでした。夕食まで少し休みますね」

「……分かりました。疲れているのは事実でしょうから、ゆっくり休んで下さいね」

「これ以上は大丈夫」と暗に告げれば、リュカはため息をつきながらも、黙ってティーセットを片付けてくれました。

そしてワゴンに乗せて退室したのを見送り、わたくしはゆったりとした服に着替えてベッドに横になります。

安堵《あんど》と期待を胸に目を閉じると、心地良い眠気がやってきて、わたくしはそのまま身を任せて眠りにつきました。

「……そういえば、ランスロット様、悪役令嬢については受け入れてたけど、平民になることについては許可してなかったよな？」

リュカが部屋の外でそんなひとり言を呟いていることなど、ちっとも知らずに。

第4章

悪役令嬢とはどんなものでしょう？

リュミエール公爵家の皆様に事情を打ち明けたあの日。

わたくしは結局、夕食も食べずに朝まで眠り続けてしまいました。

朝の身支度《みじたく》をしてくれるメイドに起こされ、驚いて跳ね起きたのです。

メイドを驚かせてしまい、申し訳ないことをしてしまいましたわ。

朝食の席には、お父様もお母様もお兄様方も皆お揃いで、「疲れていたのだろうから仕方ないよ」と優しい言葉をかけて頂きました。

そして、「思い出すのが辛くなければ、前世でどんな暮らしをしていたのか教えてほしい」と言われました。

日本舞踊……といっても上手く通じないと思ったので、伝統的な国の踊りを代々受け継ぐ家系に生まれたこと、踊るのがとても好きだったこと、お茶の作法や生け花などの教養をたくさん学ばせてもらったこと、幼い頃はばぁやによく叱られていたことなど……。

懐かしく思いながら話すひとつひとつを、皆は温かい目をして聞いて下さいました。

ああ、昨日のことは夢ではなかったのだと、嬉しかったです。

記憶が戻る前のわたくしは、ずっと家族に遠慮して、自分なんかが親しげにしてはいけないと勝手に思い込んでいました。

愛されていたのだという安心感と、幸福感。

それは、この先わたくしにとって、なにものにも代えがたい心の支えとなることでしょう。

そんな風に、毎日が穏やかに過ぎていきました。

学園でも、しばらくはわたくしの変化に戸惑う方がたくさんいらっしゃいましたが、人間とは慣れる生き物。

まだ少し警戒されているものの、多くの方はあまりわたくしを不躾にじろじろ見たりはしなくなりました。

「……チラチラは見られてますけどね」

「？　リュカ、なにかおっしゃいまして？」

「別に、なんでもありません。それよりお嬢、昼休みもそろそろ終わりですよ。次の授業の予習はそのへんにして、教室に戻りましょう」

リュカにそう言われて時計を見ると、確かにあと十分で昼休みが終わってしまう時間でした。

手にしていた本をぱたんと閉じ、座っていた木陰から腰を上げてスカートの裾《すそ》を払います。

「すっかり熱中してしまいましたわ。面白くて、つい」

「……魔法学の教科書なんて、そんなに面白いですか？」

面白いに決まっていますわ！

だって、魔法だなんて、夢のようですもの！

そうなのです、なんとこの世界には魔法が存在しているのです。

前世で一度だけ友人に借りた異世界転生の本でも、転生した少女が、聖女として様々な魔法を使って活躍していました。

ええと……ちーと？　とかいうやつですわ！

人々を癒やしたり、火や水を生み出したり、まさに異世界！

その本の面白さに、わたくしもすっかり虜になってしまったのを覚えています。

「ああ、前世には魔法、なかったんでしたよね。でもこっちでは普通に誰でも使ってるし、魔術師や騎士にでもならない限り高等な技術も必要ないから、貴族の坊っちゃん嬢ちゃんはそこまで興味持たないですけどね」

そんなの勿体ないですわ！

ですが確かに、前世でも古文や漢文、数学など、こんな小難しいことを習ってなにになるの？　とおっしゃる方は大勢いましたわね。

こちらの世界では、それが魔法なのでしょう。

確かに教科書には属性とか魔法陣とか、化学式のような計算まで書かれていて、高度な魔法を覚えるのが難しいことに間違いはありません。

ですが、理論を理解しているのといないのとでは、全く違うと思うのです。

ただ暗記するだけだと教科書通りにしか使えませんが、理論を知っていれば様々なことに応用できますもの。

「……お嬢、ひょっとして婚約破棄した暁には、魔術師になろうとでも思ってるんですか？」

「いえ、そんなつもりはなかったのですが。でも、それも良いかもしれませんわね……」

今までは適度にしか学んでいませんでしたが、努力を重ねれば、ひょっとして魔法の才能に目覚めるかもしれませんものね！

公爵家を出た後の身の振り方についても、きちんと考えていかなくてはいけませんし。

立派な悪役令嬢としての勉強を疎《おろそ》かにしてはいけませんが、どうせならやりたいことも頑張りたいです。

魔術師といえば、病院・建築・自然保護・災害支援など、様々なところで活躍できる立派な公務員です。

配属先によっては危険が多少伴いますが、お給金はきっちり頂けますし、よほどのことがなければリストラもない、安心安定の職業。

貴族でも平民でもなれますし、これはなかなか良いかもしれません！

「ありがとうございます、リュカ！　わたくし、やる気が出てきましたわ！」

「……失言だったかもしれません。ヤバい、場合によっては殺されるかもしれねぇ」

リュカの不穏な言葉には気付かず、わたくしは張り切って午後の授業へと向かいました。

元々セレナは勉強家だったので、前世で習ったことのないこちらの世界の歴史やマナーなども、ちゃんとわたくしの中に知識として入っています。

なので、授業にもしっかりついていけますし、なんなら前世との違いを楽しむ余裕もあります。

わたくしが目指す、立派な悪役令嬢たるもの、成績は優秀でなければいけません。

権力・能力・容姿すべてにおいて完璧な令嬢だけれど、性悪で王太子妃には相応《ふさわ》しくない。

そんな悪役令嬢を、リオネル殿下がミアさんとの真実の愛を貫《つらぬ》き、退《しりぞ》ける……というのが、わたくしの描いているシナリオです。

つまり、悪役令嬢が優秀であればあるだけ、引き立て役としての株が上がるのですわ！

「あー、なんかすげぇ燃えてるとこ悪いんですけど、その〝性悪〟ってのは、どうするつもりなんです？」

リュカの何気ない質問に、わたくしははたと我に返りました。

そして、あわあわと青褪《あおざ》めてしまいました。

「ど、どうしましょう。わたくし、それについてはまだなんの努力もしておりませんわ！」

「いや、性悪になる努力ってなんだよ」

リュカの突っ込みが鋭《するど》すぎて、その場に立ちすくんでしまいます。

「……とりあえず、ミアさんの机に落書きとかしてみます？」

「……ちなみにどんな？」

「ええと、そうですわね……。ミアさんの似顔絵とか？　あんなにかわいらしい顔を上手く表現できるか分かりませんが、精一杯努めますわ！」

「ガキの悪戯《いたずら》かよ」

一生懸命考えた悪事も、すかさず一蹴《いっしゅう》されてしまったのでした。

結局その後、授業開始の時間が差し迫っていることに気付いたわたくし達は、性悪についての話を中断し、走る一歩手前の早足で教室へと戻りました。

ギリギリのところで授業には間に合いましたが、もっと勉強が必要だと思ったわたくしは、その日の夕食後、お兄様方に相談することにしました。

「――――ということですの。お兄様、悪役令嬢がするべき悪事について、無知なわたくしにどうぞご教授《きょうじゅ》頂けませんか？」

真剣な表情でお願いすると、ランスロットお兄様は苦笑いをし、エリオットお兄様はなんとも言えないお顔をされました。

「……セレナ、性悪な女なんて社交界にはいくらでも――――」

「うん、僕は良いと思うよ、机の落書き。でももっと良いことを考えたんだけど、聞いてくれるかい？」

エリオットお兄様の言葉を遮《さえぎ》り、ランスロットお兄様が人差し指を立てました。

そんなお兄様をリュカがギョッとした目で見ていますが、ランスロットお兄様ならきっと素晴らしい提案をしてくれるはずですわ！

ずいっと身を乗り出して待っていると、勿体ぶったように笑ってランスロットお兄様は口を開きました。

「セレナ、君の学園での学業はすこぶる順調のようだね。この間の課題も、満点を取ったらしいじゃないか」

「？　ええ、まあ……。おかげ様で、幼い頃から様々な家庭教師にたくさんのことを学んでまいりましたから。お父様やお母様に感謝ですわね」

勉強は学生の本分ですからね、記憶が戻ってからも疎かにしていません。

「対してミア嬢だけど……。彼女、あまり座学が得意ではないようだね？」

そうなのです、実はミアさんはいわゆる私生児《しせいじ》というものでして……。今のブランシャール男爵が平民の愛人に産ませた子だったのです。

そのため、幼い頃は市井《しせい》で育ち、貴族の子ども達が学ぶような教育は受けていませんでした。

五年ほど前に前男爵夫人が亡くなられ、男爵家に引き取られたと聞いております。

そうしてきっと猛勉強したのでしょうね、多少成績が振るわずとも、今は他の貴族の子息令嬢と変わらず学園に通うことができています。

ああ、それにしても、立派な貴族のご令嬢となるべく努力するヒロイン、なんて素敵なんでしょう。

たった五年でここまで来たんですもの、少しくらい未熟なところがあっても、仕方のないことですわ。

「うん、そこでだ。もう少ししたら、定期試験があるよね？　セレナが勉強を教えてあげてはどうだい？」

「は？　なに言ってんだ、そりゃただの親切だろ」

確かに、あと二週間ほどすると、五日間に及ぶ試験が始まります。

この世界の学園にも、前世の学校のように試験があるのです。

エリオットお兄様は「馬鹿だな」という顔をしていますが、ランスロットお兄様にはなにやら考えがあるようです。

「そこで堂々と言えば良いんだよ。『あなたそんなことも分かりませんの？』ってね。『わたくしの貴重な時間の無駄ですわ』とか、『これだけやっても、あなた程度では無駄に終わるかもしれませんわね』とかも良いかもしれないね」

「す、すごいですわお兄様！　まさに悪役令嬢です!!」

しかもちょっとだけ裏声を出して、悪役令嬢の物真似までして下さいました。

わたくしがキラキラとした尊敬の眼差しでランスロットお兄様を見ていると、エリオットお兄様も負けじと声を上げました。

「お、俺ならダンスの試験で見せつけるけどな！　婚約者が学園に同時在籍している場合、試験のパートナーは婚約者同士のはずだ。つまりセレナの相手は第二王子《クソガキ》。ここは生粋《きっすい》の貴族としての気品を見せつけてやるところだろう！」

どうしましょう、この家の中でリオネル殿下の呼称が、「クソガキ」でまかり通っています。

そして確かにエリオットお兄様の提案は的を射ているように聞こえるのですが、ひとつだけ問題があるのですよね……。

「だけど、セレナはダンスを踊れるようになったのかい？」

「前世は代々踊りを受け継ぐ家系だと言ってなかったか？　踊れるものだと思ったのだが」

そうなのです、わたくし、前世を思い出してからまだ一度も、いわゆる社交ダンスをしたことがないのです。貴族の嗜《たしな》みとして必須のダンスですが、少し前までのセレナは極度のあがり症でしたから、実力云々の前に、人前では、その……。

今までの試験も、ダンスのような実技のものはことごとく点数が低かったのです。試験でリオネル殿下と踊ったこともちろん何度もありますが、ひどいものでしたわね。

「緊張しなければ、以前より多少は踊れるかもしれませんね」

前世ではよく舞台で舞を披露しておりましたから、恐らくそれは大丈夫だと思います。

ただ、エリオットお兄様は踊りが得意だったのだろうと言いますが、同じ踊りでも日本舞踊と社交ダンスではかなり違いがあります。

記憶を取り戻し、日本舞踊が踊れるようになったとはいえ、そう単純に社交ダンスの実力も上がったとは言えないでしょう。

「そんなに違うのかい？」

「そうですわね、足の運びや曲調なども独特《どくとく》ですし……」

口で説明しても上手く伝わらない、そう思ったわたくしは、即興《そっきょう》で唄《うた》を口ずさみながら踊ってみせました。

日本人なら誰でも知っていると言っても過言ではない、桜の曲。

もちろん扇子などはありませんから、持った真似をして。

懐かしい調べを楽しみながら、前世とは違う身体をめいっぱい軽やかに、それでいて淑《しと》やかに伸ばし、美しく艶《あで》やかに見えるように舞います。

ああ、わたくしはやはり、踊ることが好きだった。

久しぶりの感覚を楽しむように、一曲を踊り切ったのです。

最後のお辞儀まで終え、ふうっとひとつ息をつくと、お兄様方からなんの反応もないのに気が付きました。

やはり馴染みのない踊りですから、困惑してしまったのかもしれません。

ですが、これは前世のわたくしが心を尽くして身に付けてきた舞です。

久方ぶりでかなり粗い部分があったことは否《いな》めませんが、思ったよりも体が覚えていてくれました。

いいえ、体は別人のものなのでその表現は違いますね。

ええと……覚えていたのは、魂、でしょうか。

とにかくわたくしは、転生しても踊ることが好きだということが分かりました。

実は全然踊れないのではないかと、少し不安だったのですが、杞憂《きゆう》でしたわね。

社交ダンスの方も、日本舞踊ほどは踊れないでしょうが、ひょっとしたら練習を積み重ねることで好きになるかもしれませんね。

「セレナ、君は……」

そんなことを考えていると、今まで黙って硬直《こうちょく》していたランスロットお兄様が口を開――

「すごいな、セレナ！　確かに知らない舞踊だったが、とても美しかったぞ！」

……開いたところに、エリオットお兄様ががばっと席を立って拍手喝采《かっさい》。

ランスロットお兄様の言葉を遮り、わたくしを褒め讃《たた》えて下さったのです。

クールと名高い騎士様のこんなお姿を見たら、世のご令嬢方は戸惑いの嵐でしょう。

「あ、ありがとうございます。ですが、やはり社交ダンスとは別物ですので、そう一朝一夕《いっちょういっせき》には上達しないと思います。ただ、踊ることが好きなのは変わっていないようですので、これから努力いたしますわ」

ご期待に沿うことはできないかもしれないが努力すると伝えれば、エリオットお兄様が健気《けなげ》だなと涙を流しました。

……少し大袈裟な気もしますが、それだけかわいがって頂けているのだと思えば、胸がほんのり温かくなります。

「……とりあえずそのへんで止めておこうか。セレナ、踊りは全く違うものだけれど、リズム感や魅《み》せ方はとても素晴らしいと思うから、練習すればきっと上手くなるよ」

「本当ですの!?　ランスロットお兄様にそう言って頂けると、少し自信が持てそうですわ。わたくし、精一杯頑張ります！　あら？　そういえば先ほど……」

ランスロットお兄様がなにか言いかけていたような気がしたのですが、「なんでもないよ」と話を逸らされてしまいました。

異世界の文化に驚いただけかもしれませんしね、お兄様がそう言うのならば、大したことではないのでしょう。

「では、まずは試験勉強にて悪役を演じながら、ダンスの特訓。そしていずれはダンスでもミアさんを圧倒させるということですわね。わたくし、燃えてきましたわ！」

ひとつ目標ができて、やる気もアップです！

「うん、頑張って。それと、ダンスの練習だけれど、講師を見つけておくよ。そうだ、いつでも相手役になるから、遠慮せずに僕を呼んでくれたら良いからね？」

「おい、抜け駆けするな！　セレナ、相手役なら俺に任せてくれ。転びそうになっても、俺ならすぐに支えてやれるからな！」

お兄様方のお申し出は大変ありがたいのですけれど……。

「あの……お仕事は、よろしいんですの？」

練習をするなら、それはおのずと下校後の夕方や休日の日中になりますよね？

お忙しい立場のおふたりが、そんな時間を取れるでしょうか？

そう疑問を口にすれば、おふたりはさっと顔を逸らしました。

まさか、サボろうとしていた、とか？

お兄様方、お勤めはきちんとしなくてはいけませんことよ？

そんな念を込めて見つめますと、お兄様方は気まずそうな表情で退出して行かれました。

「お嬢、俺、あんたを尊敬しますわ」

その日の夜、明日の支度を終えたところにリュカがそう呟きました。

「なんのことでしょう？」と首を傾げると、「無自覚かよ」とため息をつかれました。

「あのおふたりに説教できるのなんて、お嬢くらいのもんですよ。あんな追い出されるみたいな顔、珍しくて面白……驚きました」

面白いって言おうとしましたわね、今。全く、リュカも大概ですよ？

「それにしてもリュカ。お兄様方の豹変ぶりを見てもあまり驚かないということは、知っていらしたんですね？」

「あー、はい。『絶対に（特に貞操《ていそう》を）守れ』とか、『おまえだけはなにがあっても味方になれよ』と言われてきましたからね。お嬢の知らないところであのおふたりに守られてたってことも、一度や二度じゃありませんよ」

家族に話して以来、こんな風に家族の愛情を感じることが多々あります。

少し前までのわたくしにも教えて差し上げたいですね。

セレナ、あなたは愛されていたのよ、と。

「ふふっ。それを言うなら、リュカだってわたくしの知らないところで、わたくしのために動いて下さったことがたくさんあるのでしょう？」

「……そりゃ、俺はあんたの護衛兼侍従ですからね。つか、この間から何度もどうしたんですか」

「それでも。ひとりぼっちだと思っていたわたくしをずっと見守っていてくれたのは、リュカ、あなたですもの。何度感謝を告げても、足りませんわ」

ああ、あの時伝えておけば良かった。

そんな後悔は、わたくし骨身に沁みておりますのよ。

「嬉しいと思ったら、きちんとその場で伝える。今世でわたくしが大切にしていることです」

「あっそ。……でもさ、そうやって誰も彼も誑《たら》し込むのは止めて下さいね」

まあ、リュカったら。それはいらぬ心配というやつですわ。

「大丈夫ですわ。お兄様方にも助言を頂きましたし、わたくし立派な悪役令嬢になれそうですもの！　そんなわたくしに近付こうとする方など、そうそうおりませんことよ！」

「あー、悪役令嬢ね。そーっすね。上手くいくと良いですねー」

胸を張ってえっへんと言い切るわたくしに、リュカは適当に返事をしたのです。

これは恐らく、全然期待していないということでしょうか。

今に見ていて下さいね、わたくし必ず成し遂《と》げますから!!

第5章

悪役令嬢の第一歩は、お友達を作ることでしたかしら？

翌日、わたくしは学園に向かう馬車の中で、お兄様にご教授頂いた悪役令嬢としての台詞《せりふ》を復唱しておりました。

「ええと、『あなた、そんなこともわかりませんの？』『わたくしの貴重な時間の無駄ですわ』ですね、ああ、緊張してちゃんと言えなかったらどうしましょう……」

「……なんか、台詞練習してる時点で、本当に舞台女優みたいですね。不安に思うところも、そこじゃないって言うか……」

リュカに呆れた目で見られるのも、もう慣れてしまいましたわ。

とにかくわたくしの今日の任務は、ミアさんに嫌味を言うことです。

そのためにもまず、ミアさんにお勉強会をご一緒できるようこぎつけなければ……。

「その、勉強会とやらに誘う文句は考えているんですか？」

「まあリュカ、馬鹿にしないで頂きたいですわ。それくらい、ちゃんと考えておりましてよ！

それに、小道具の準備も万端ですわ！」

自信満々のわたくしに、リュカが不安そうな顔をしましたが、あえて無視することにいたしました。

そしてついに放課後、わたくしは意を決してミアさんのクラスを訪れました。

学園ではクラス分けは基本的に成績順となっています。

座学のみならばセレナはほぼ学年トップを誇っていたので、実技こそ多少残念でも成績優秀者が集うAクラスに在籍できています。

対してミアさんは下から二番目のDクラス。

わたくしとは正反対で、マナー以外の実技はまあまあらしいのですが、座学が相当難しいようです。

ちなみに同い年の婚約者、リオネル殿下もわたくしと同じAクラスに在籍しております。

婚約者かつクラスメイトだというのに、殿下がわたくしを少しも気にかけることがないのは周知《しゅうち》の事実。

いつも人が少なくなるのをじっと待っているわたくしが、珍しく授業の終わりとともに教室から出たことに対しても、なんの興味も示しておいでではありませんでした。

それが、今は好都合なのですけれどね。

「ちょ、お嬢。そんな急がなくても！」

うしろから追いかけて来るリュカから注意を受けましたが、足を止めることなく前へ前へと進みます。

　廊下を走るのははしたないと分かってはいますが、はやる気持ちを抑え切れず、早足でDクラスの前までやって来ました。

　よし！　と気合を入れて扉を開くと、中にいた方々から注目を浴びてしまいました。

　そして、Dクラスの皆さんは、わたくしの後に窓際の席に座るミアさんを見つめて、青褪めました。

　今日も相変わらずとてもかわいらしいです。

　その証拠に、三人の令息がミアさんの席を囲んで話している最中でした。

　しかしこれは、由々《ゆゆ》しき事態。

　きっとあのお三方は、殿下一筋のミアさんに無理矢理言い寄っているのではないでしょうか。

　そして心優しいヒロインはそれを上手く断れない。

　それを颯爽《さっそう》と助けるヒーロー。

　……というのが恋愛小説の定番ですが、残念ながらヒーロー《リオネル殿下》は本日すぐに王宮に戻って晩餐《ばんさん》会に出席する予定ですの。

　間違いありませんわ、だから心置きなく勉強会に誘えると息巻いてきたのですから。

　ですが、それはつまり、ヒロインを助ける役がいないということ！

「はぁ……。あの女狐、殿下のみならず他の奴らにも色目使ってるって有名ですもんね。……お嬢？　どうし……お嬢!?」

リュカの声など聞こえていなかったわたくしは、つかつかとミアさんに歩み寄りました。

そしてそれをはらはらと見守るDクラスの方々。

皆様安心して下さいませ。ミアさんはわたくしが助けますわ！

「申し訳ありませんが、ミアさんには先約がありますの。失礼いたしますわ」

「え!?　ちょ、ちょっと、あたしあんたとなんて約束してな……！」

強がるミアさんの腕を掴んで、ぐいと引っ張って教室の外に出ました。

お三方が呆気にとられているうちに連れ出せて、良かったですわ。

そしてそのままずんずんと廊下を歩き、本日の目的地である図書室へと入ります。

閑静《かんせい》な場であり、司書や他の生徒の目があるここに入ってしまえば、もしあの方々が追いかけて来ても下手なことはできないはず。

ちらりとうしろを見れば、変な顔をしてはいますが、リュカもしっかりついて来ています。

「ちょっと！　良いかげん放して下さい！」

ふうと息をついたところで、わたくしの手をミアさんが振り払いました。

「なんなんですかあんた！　こんなところに連れて来て、なにしようっていうんですか!?」

大声を出すミアさんを、司書がじろりと睨みました。

それに慌てて小声になる姿が、前世の女子学生と同じに見えて、思わずくすりと笑ってしまいました。

「な、なに笑ってるんです!?　またあたしのことバカにしましたね!?」

「いえ、そういうわけでは。気を悪くしたなら謝りますわ。申し訳ありません」

わたくしの態度に、ミアさんは変なものを見たような顔をしました。

はっ！　今日の任務は、ミアさんと勉強会をすることでしたわ。

考えていたシチュエーションとは少し違いますが、ここは自然に誘ってみるのが吉ですわね！

「ところでミアさん。あなた、座学の成績が芳《かんば》しくないようですわね？」

「な!?　な、な、なんであんたにそんなこと言われなきゃ……」

突然のわたくしの言葉に、ミアさんは後ずさりをしました。

どうやら図星を指されて怯んだようです。

「せっかく図書館に来たんですもの。一緒にお勉強しませんこと？」

「はあ!?」

貴族令嬢とは思えぬ声に、再度司書が睨んできます。

いけません、次はきっと注意されてしまいます。

ミアさんもさすがにまずいと思ったのか、口に手を当て、気まずそうな顔をしました。

ここで一気に勝負に出ないと、逃げられてしまいそうですね。

「あら、お逃げになるんですの？　そんなことではリオネル殿下の隣には立てませんことよ？」

昨日のランスロットお兄様の口調を真似して、悪役っぽく言い放てば、ミアさんはわたくしをキッと睨みつけました。

「……やってやろうじゃないですか」

やりましたわ！

ちょっとリュカ、ちゃんと見ていまして!?

わたくし、ついに悪役令嬢としての一歩を踏み出しましたわ！

そうしてわたくしの挑発に乗ったミアさんと図書室の机にふたり並んで座ると、司書や周りからの鋭い眼差しから開放されました。

ようやく静かにしてくれそうだと思ったのでしょうか。司書にも他の利用者にも、申し訳ないことをしてしまいましたわ。

「で？　勉強会っていう口実で、あたしにどんな嫌がらせをしようっていうんです？」

「？　いえ、勉強会をするつもりですけれど……」

「え？」

「え？」

わたくしの答えが予想と違っていたのか、ミアさんが首を傾げてしまいました。

「おかしいわね……。性格が豹変したことといい、バグかしら？　それとも、もしかして……」

「ミアさん？　とりあえず、ペンなどはお持ちでしょうか？」

なにやらブツブツと考えているミアさんにそう声をかけると、胡乱《うろん》な目つきでじっと見つめられました。

「……ね、あんた、乙女ゲームって知ってます？」

乙女ゲーム？

聞いたことのあるような単語ですが……。もしや。

「ええと、どちらがより乙女らしいか競うゲームのことですか？　残念ながらそのゲームでは勝敗が見えすぎていて、ちっとも面白くないと思うのですが……」

「は？　そんなわけ……っていうか、ケンカ売ってるんですか？」

「わたくし、見た目もミアさんのように可憐ではありませんし、気の利いた話をしたり殿下を癒やして差し上げたりすることもできませんでしたもの。そんなわたくし程度では、負けが確実ですわ」

「……もう良いです。とっとと始めましょう」

「やっぱりそんなわけないわよね」とミアさんが呟いていましたが、わたくしには意味がよく分かりませんでした。

うしろに控えているリュカはというと、よく勉強会に持っていけたな！　と驚いた表情をしています。

ふふん、まだまだ驚くには早いですわよ！

「それで？　いったいなんの勉強をするんです？　言っておきますけど、あんたが突然引っ張ってきたから、あたし教科書もノートも、ペンすらもなにも持ってませんからね？」

腹が据《す》わったのか、意外にもミアさんは大人しく席についてくれています。

頬杖をついて、少しばかりはしたない格好ですけれど。

「大丈夫ですわ。ペンはわたくしのものをお貸しいたします。それに、教科書もノートも必要ありません」

にっこりと笑って、カバンから昨夜準備しておいたものをゴソゴソと取り出します。

そこから出てきた分厚い紙の束を見て、ミアさんが顔を引きつらせました。

「わたくし特製の〝これで試験はお手の物！　ミアさんの弱点克服問題集〟ですわ！」

「「はあああ!?」」

なぜか驚愕の声が二種類ありますわ……と思っていたら、リュカのものでした。

振り向けば、ミアさんと全く同じ顔をしています。

「失礼かと存じますが、ミアさんのこれまでの誤答傾向を少々調べさせて頂きましたの」

悪びれもなく言うわたくしに、ミアさんは呆気にとられています。

「そして苦手分野を中心に、教科ごとの問題集を作らせて頂きました。ええと……。『わたくしの貴重な時間を割《さ》きましたので無駄にしないで下さいませね！』」

なんだかお兄様に教えて頂いた言葉と少々違ったような気がしますが……。まあ大体同じですわね！

そんなわたくしに、ミアさんは疑いの眼差しを向けてきます。

「な、なんであんたがそんなことを……？」

なんでと言われても。

立派な悪役令嬢になるためですとは、さすがに言えません。

「そ、それは……『あなた、そんなことも分かりませんの？』」

ぷいっと顔を逸らして誤魔化《ごまか》すような形にはなってしまいましたが、今度は一言一句、違えずに言えましたわ！

悪役令嬢らしく、ぶっきらぼうな言い方もできましたわね！

なかなか良い調子です。着々と悪役令嬢への階段を上ることができていますわね。

ふふふと喜びを隠しきれず頬を緩ませていると、ミアさんがまたブツブツと何事か呟いています。

「まさかのツンデレ……？　っていうか、悪役令嬢までヒロインの虜になっちゃうやつ？　このゲームって、そんなルートもあったのかしら……？」

よく聞こえませんが、戸惑っていることはよく分かりました。

「さあ、それはひとまず置いておきまして。時間は有限です。早速始めましょう！」

あまり不審に思われても困りますので、お勉強を始めてしまいましょう。

すると、背後のリュカがなにか言いたげな顔をしているのが見えました。

しっかり悪役令嬢らしくやっていると思いますのに、なぜでしょう？

そんな疑問を持ちながらも、わたくし達は勉強会を始めたのです。

そうしてお勉強を始めて一時間。

「と、解けたわ……！」

「そうですわ、ミアさん！　合っておりましてよ！」

はじめこそ苦手分野ばかりの問題に四苦八苦《しくはっく》していたミアさんも、少しずつ解くコツが分かってきたようです。

分かってくると楽しくなるもので、もう一問！　と張り切って次の問を解き始めています。

この調子だと、『これだけやっても、あなた程度では無駄に終わるかもしれませんわね』という台詞は必要ないかもしれませんね。

生き生きとしたミアさんの様子を微笑ましく見守っていますと、近くからの視線に気が付きました。

「あっ……。も、申し訳ありません、不躾にジロジロと！」

視線の方を向くと、そこにはクラスメイトのご令嬢がふたり、慌てた様子で立っていました。

おひとりはエマ・オランジュ伯爵令嬢。

蜜柑《みかん》色の鮮やかな髪と意志の強そうな翡翠《ひすい》の瞳が印象的な、快活《かいかつ》な雰囲気の方です。

確か座学よりも実技を得意にしていらっしゃいました。

もうお一方は、ジュリア・ルノワール侯爵令嬢。

さらりと流れる銀髪に落ち着いた浅葱色の瞳が美しい、大人しい性格の、いかにも淑女という風貌の方です。

ジュリア様は座学・実技ともに不得意なものはありませんが、ものすごく高得点というものもありません。

ですので、数教科だけでも特出《とくしゅつ》するものを作れば、かなり上位を狙える位置にいます。

あまりお話ししたことがないおふたりですが、なにかわたくしにご用があるのでしょうか？

「あの、どうかしまして？」

「じ、実は……」

できるだけ恐がらせないように意識して声をかけると、ジュリア様がもじもじしながらも意を決して口を開きました。

「失礼とは思っていたのですが、先ほどからおふたりの様子を見ておりまして。その、セレナ様の教え方がとても分かりやすく、もし、もしよろしければ、私達にも教えて頂けないかと！」

「まあ……！」

言っちゃった！　と勇気を出してお願いする様子がとてもかわいらしくて、思わず声を上げてしまいましたわ。

それを別の意味に捉《とら》えたのか、エマ様が慌てて口を挟んできました。

「驚くのも無理ないですよね。ご不快に思われたのなら、謝ります。申し訳ありません」

「いいえ、不快だなんてまさか。それどころか、そう言って頂けて、とても嬉しいですわ」

とんでもないとすぐに否定すれば、おふたりが驚いた顔をされました。

「わたくしで良ければ、ぜひ。あ、ひとりで勝手に決めてはいけませんわね。ミアさん、おふたりも一緒によろしいですか？」

隣で問題を解いていたミアさんに確認を取ると、勝手にすればとそっぽを向かれてしまいました。

そしてその問題を解き終えるとすぐに問題集を片付け始めました。

「あたし、もう帰りますから。どうぞ三人でごゆっくり。あ、この問題集はありがたく頂いていきます」

そう言うとペンをわたくしに返し、さっさと席を立ってしまいました。

「え？　あ、分かりました……。えっと、『これだけやったのですから、無駄に終わらないようにして下さいませね！』」

多少変わってしまいましたが、最後の台詞も言えましたわ！

満足したわたくしを、ミアさんは最後も微妙な顔をして振り返り、去って行きました。

その様子を席に座ったおふたりがぽかんと眺めていましたが、我に返ったジュリア様が申し訳なさそうな顔をしました。

「悪いことをしてしまいましたわ。申し訳ありません、セレナ様」

ですが問題集は渡せましたし、悪役令嬢としての台詞も言い切りましたので、わたくしとしては任務達成です。

気にしないで下さいと伝えれば、ほっとした顔をされました。

その後は、おふたりの分からない問題を一緒に解いたり、苦手分野の対策法を考えたりしました。

前世で亡くなる前は学校を休みがちでしたから、こういう時間が久しぶりで、とても懐かしく、楽しかったです。

そうして時間を過ごしているうちに、最初は遠慮がちだったおふたりも、だんだん心を開いてきて、砕《くだ》けたお話もして下さるようになりました。

「ありがとうございました、セレナ様。あの、もしよろしければ、また色々とお聞きしてもよろしいですか?」

そろそろ日が暮れそうだということでお開きの流れになると、馬車置き場までの道すがら、ジュリア様が頬を染めてわたくしに尋ねました。

「もちろんですわ。わたくしもすごく勉強になりましたし、こちらからお願いしたいくらいです」

そう答えると、嬉しさを滲《にじ》ませて笑って下さり、わたくしの頬も緩《ゆる》みます。

「それにしても、セレナ様がこんなに話しやすい方だったなんて、驚きました。もっと早く話しかければ良かったです」

「クラスメイトですし、これからはいつでもお話しできますね! 私、セレナ様ともっと仲良くなりたいです!」

エマ様に続いてジュリア様も、嬉しいことを言って下さいますわね。

「ぜひ、仲良くして下さいませ。ああ、もう馬車置き場に着いてしまいましたね。それでは、ごきげんよう」

リュミエール家の馬車を見つけ、おふたりとはそこで別れました。うしろから黙ってついて来ていたリュカと共に馬車に乗り込むと、ふうっと一息ついて口を開きます。

「リュカ、どうでした⁉　わたくし、ちゃんと台詞言えていましたでしょう？」

褒めてもらえるはずだとわくわくしていたのですが、なぜかリュカの表情は冴《さ》えません。

どうしたのでしょう？

首を傾げると、はあああ～と深いため息をつかれてしまいました。

「あ～～～。まあ、お嬢らしくて良かったんじゃないですかね」

……なんだか、投げやりではありませんこと？

「ちなみに今日は予想外の展開でしたが、本来はどうやって勉強会に誘うつもりだったんです？」

なんだか上手く話を変えられてしまった気はしましたが、これはぜひリュカに感想を聞きたいことでしたので、大人しく話に乗らせて頂きましょう。

「よくぞ聞いて下さいましたわ！　まずは、『ちょっと顔を貸して頂けます？』と言って図書室に連れ出し、『さあ、わたくしと一緒にお勉強しましょう！』と誘うつもりでした。どうです？　単純かつ自然なお誘いでしょう？」

「……単純すぎて胡散《うさん》臭いことこの上ないですね。てか、そんなんでついて来てくれるわけないでしょう！　恋敵《ライバル》ですよ、あんたは！」

そんな、恋敵だなんて……。

恋愛ものによくある素敵な言葉に、わたくしの心がとくん……とときめいてしまいました。

頬を染めるわたくしに、リュカは諦めたようにため息をつきました。

「まあ……ですが、ご友人ができたのは良かったですね」

「そう！　そうなんですの！　わたくし、このままおひとり様でも仕方ないと思っていたのですが、素敵なお友達ができて嬉しいですわ！」

ぱあっと顔を輝かせてそう答えると、今度は生暖かい目で見つめられました。

そして、うーんと唸《うな》ってなにかを考え始めます。

「……もしかしてランスロット様は、こうなることが分かってた、とか……？」

「？　リュカ、なにか言いました？」

声が小さすぎて聞こえなかったため、そう聞き返したのですが、なんでもないですと言って、結局リュカは教えてくれませんでした。

それはともかく、母上様。

わたくしにも、この世界で初めてのお友達ができたみたいです。

悪役令嬢としても一歩を踏み出しましたし、この先のわたくしの活躍を、どうか見守っていて下さいませね。

第6章

わたくし、初体験ですわ！

図書室での勉強会から約一か月。

定期試験が始まり、本日ようやく座学の試験が全て終了しました。

「はあ～～！　私、やり切りました！　こんなに達成感があるの、初めてです！」

「私も、今までで一番よくできました。これもセレナ様のおかげですね」

「まあ、そんなこと。それはおふたりの努力の成果ですわ。わたくしは少しお手伝いしただけですもの」

わたくしはエマ様とジュリア様と一緒にカフェテラスにいました。

明後日から実技試験が始まるとはいえ、とりあえずのお疲れ様会をしましょうと、こうして集まったのです。

一か月も経てばすっかり打ち解け、こうして試験明けの時間を一緒に楽しめるくらい仲良くなりました。

ところでミアさんはどうだったのでしょう？

何度か声はかけようとしたのですが、リオネル殿下がよくご一緒におられるので、あの勉強会以来お話ができなかったのです。

あの問題集も、活用して頂けたでしょうか？

少しでも成績が上がって、リオネル殿下に褒めてもらい、さらにラブラブになって下さると良いのですが……。

ちなみにわたくしは、いくら優秀な成績をとっても、一度も殿下に褒めて頂いたことはありません。

まあ仕方ありませんわね。ヒーローの甘い言葉は、すべてヒロインのためのものですから。

ひとり「うんうん」と納得していますと、エマ様が「実は……」と話を切り出しました。

「私、以前はセレナ様のこと、少し苦手だったんです。こんなことを言うのは失礼ですけど、公爵家のご令嬢だから私達のことなんて見下してるのかなって。でもずいぶん人が変わられて、最初は驚きましたけど、今思うと以前はただ緊張していただけだったのかなと思うことも多くて」

「そうそう。覚えていらっしゃらないかもしれませんが、私もペンを拾って頂いたことがあって。睨まれたと思って逃げちゃったんですが、せっかく拾って下さったのにと後悔しましたの。その節《せつ》は申し訳ありませんでした」

「ああ……。そういえば、そんなこともありましたわね」

確かに三年生になったばかりの頃、ジュリア様のペンを拾ったことがあります。

渡して良いのかどうしようかとオロオロしていたら、怖い顔になってしまったんですよね。エマ様にもよく思われていないのだろうなと感じていましたが、どうして良いのか分からなくて、結局なにも変われなくて。

あの頃はずいぶん落ち込んだものでしたが、こうして誤解が解けて良かったです。以前までのセレナの心も救われたような気がしますね。

「わたくしも悪かったのです。勇気を出して、一歩踏み出せば良かったのに。ですから、あの日図書室でおふたりに声をかけて頂いて、こうしてお友達になれたこと、とても幸せに思っています」

心からの言葉を伝えると、おふたりもにっこりと笑ってくれました。

そして「しんみりした話はここまで！」と、エマ様が明るい声を上げました。

「そういえば、セレナ様、今回の実技は自信があるのではないですか？　最近の授業でもすごく堂々としていらっしゃいますし」

「本当！　ダンスなんて、ここ最近ものすごくお上手になりましたよね。なにか特別なレッスンでもされたんですか？」

はい、確かにランスロットお兄様が呼んで下さった講師の先生との練習が、ものすごく特別《スパルタ》でした。

先生は少しお歳を召していらっしゃるのですが、背筋がピンと伸びていて、とても上品で立派なご婦人です。

ダンス講師としてはかなり名の通った方らしく……。ええ、正直ものすごく大変でしたわ。前世での母上様の特別稽古を思い出してしまいました。

といっても、元々セレナが身に付けていた基本のステップはちゃんと覚えておりますので、素人からの出発でないのはありがたかったですね。

足や手の運びで日本舞踊のクセが出てしまうこともあって苦労しましたが、なんとか形にはなってきました。

これならばエリオットお兄様の、「殿下とのダンスで格の違いを見せつけろ！」作戦も遂行《すいこう》できそうです。

「優秀な先生について頂けて、運が良かったのですわ。確かに以前はあがり症で、上手くいかないことばかりでしたけれど、わたくしも皆さんに負けていられないと、努力したんです。今回の試験は、しっかり自分の持てる力を発揮できたらと思っています」

努力は裏切らない、今回はそれを体現《たいげん》したいですわ！

「素晴らしいお心がけですね。私も気を抜かずに頑張ります」

「はい、皆で頑張りましょうね。ええと、ジュリア様のダンスのパートナーは、フェリクス殿下でしたよね？　セザンヌ王国の」

「そうそう！　羨ましいですよねぇ、隣国の婚約者が短期とはいえ留学してくるなんて。私なんて婚約者がもう卒業しちゃって、滅多《めった》に会えないんですよ？」

「そ、それはたまたまで……！　それに、私だってそんなに頻繁《ひんぱん》にお会いしているわけじゃ

「……」

からかうようなエマ様に、ジュリア様が真っ赤な顔をしてしどろもどろに否定していますが、これは分が悪いですね。

ジュリア様の婚約者、フェリクス・セザンヌ殿下は、隣国の第三王子。

友好国ということで、一年間こちらに留学しているのです。

何度かお見かけしたことがありますが、誰に対してもお優しく見える一方で、その笑顔が上辺だけのものにも感じていました。

けれど、ジュリア様とお話しされる時は穏やかに微笑んでいて、心から彼女を大切にしている姿が印象的でした。

ジュリア様の反応からも、きっとふたりは上手くいってるのでしょう。

そしてエマ様の婚約者は、エリオットお兄様の同級生で同じ騎士団の同僚でもある、ライアン・フーリエ伯爵令息。

お兄様と一緒にいるところに少しだけお会いしたことがありますが、まだお若いのに落ち着いていて包容力《ほうようりょく》のある、素敵な方でした。

溌剌《はつらつ》としたエマ様のことも、きっと優しく包み込んで下さっているのでしょう。

それにしても、恋する乙女とは本当にかわいらしいですわ……。

ほっこりしてふたりを見つめていますと、なにかに気付いたエマ様が、一転して気まずそうな表情をされました。

「セレナ様、その、こんなことお聞きして良いのか分からないのですが、第二王子殿下とは……」

その言葉にジュリア様もハッとして、心配そうな眼差しをわたくしに向けました。

「ああ、気になさらないで下さい。わたくし、殿下と一緒になるつもりはありませんの」

そんなおふたりに気を遣って頂くのも申し訳ないので、あっけらかんとそう答えると、おふたりがぽかんと口を開けました。

「ちょ、お嬢!?」

うしろで控《ひか》えていたリュカが慌てて口を挟んできたのを、わたくしは視線で制しました。

「セ、セレナ様、それはどういう……」

「わたくし、〝悪役令嬢〟を目指しておりますの！」

意気揚々《いきようよう》と告げるわたくしに、おふたりは「悪役令嬢……？」と再び呆気にとられたのでした。

かくかくしかじかと訳を話すと、おふたりの顔が曇《くも》っていきました。

「話は分かりました。でも、そんなのセレナ様が損するだけじゃありませんか？」

「そうですよ！　それに相手ってあのブランシャール男爵令嬢ですよね!?　確か、ミア様っておっしゃる！」

納得いかない様子のおふたりに、「もっと言ってやって下さい！」とこっそりリュカが応援していました。

それを無視して、わたくしはおふたりに微笑みます。

「わたくしを心配して下さる気持ちはとても嬉しいのですが、もう決めたんです。それにわたくし、今をとても楽しんでいますのよ」

家族と心を通わせて友達もできて。

そして、想い合うふたりを結ぶお手伝いができる。

母上様が教えてくれた、人生を楽しむという言葉をまさに今、実感しているのです。

「で、でも、待って下さい。私達が初めて勉強会をしたあの日、セレナ様ははじめミア様のお勉強を見ていらっしゃいましたよね？」

「そ、そうですよ。しばらく見ていましたけど、すごく親身になって教えてあげていましたよね？」

まあ、そういえば見られていたのでしたね。

ただ勉強を教えたのではなく、悪役令嬢としての台詞をミアさんに言い放ったのだと、あの時のことをお話しすると、なぜでしょうか、変な顔をされてしまいました。

「……それって、」

「しっ！　みなまで言わないで下さい、ジュリア様」

なにか言いかけたジュリア様の口を、エマ様はさっと塞《ふさ》ぎ、こほんと咳払いをしました。

「なるほど、セレナ様のお気持ちは分かりました」

「分かって頂けましたか⁉　悪役令嬢としてまだひよっこのわたくしですが、かの方々のために、またわたくし自身のためにも精一杯務め上げたいのですわ！」

力説《りきせつ》するわたくしに、エマ様もうんうんと頷いてくれます。

「私達も、及ばずながらお手伝いさせて頂きますね」

「よろしいんですの!?　ああ、おふたりにも打ち明けて良かったですわ！」

ジュリア様は困惑の表情でしたが、わたくしを思ってか渋々《しぶしぶ》了承して下さいました。

そしてエマ様はというと、感激するわたくしの手を握りながら、なにやら後方のリュカと目配せをしていました。

どうしたのかと聞いたのですが、「なんでもありません」と首を振られてしまいました。

最近、こんなことが多い気がするのですが……？

「ですが、第二王子殿下は大丈夫なのでしょうか？　その、婚約者がいる身であのような……」

ジュリア様はおそらく、ミアさんとのことを言いたいのでしょう。

確かに貴族の模範《もはん》ともなるべき王子が、そんな節度のない行動をとって良いのか、と。

「うーん。正直言って、少し油断してますよね。第一王子殿下は長く国を不在にしていますし、第三王子殿下はまだ九歳と幼い。少しくらいの我儘《わがまま》はまかり通ってしまいますもの」

エマ様のお言葉には、頷かざるを得ませんね。

この国の王室には、少しだけ複雑な事情があります。

前王妃殿下は第一王子殿下を産んでしばらくして、崩御《ほうぎょ》されました。

代わりに王妃の座についたのが、現王妃殿下。

前王妃殿下の侍女を務めた、侯爵令嬢だったそうです。

その婚姻に愛はありませんでしたが、代わりに前王妃殿下を交えた信頼がありました。

敬愛する前王妃殿下の今際の際、代わりに自分が陛下を支えるとお約束されたそうです。

そうして第二王子殿下、第一王女殿下、第三王子殿下をご出産されたのです。

愛がないのに、どうしてそんなに子沢山なのかと疑問はありますが、浅慮《せんりょ》なわたくしになど到底考えのつかない事情があるのでしょう。

しかしここで問題が。

現王妃殿下も我が子のように第一王子殿下をかわいがっていたのですが、周囲はそう甘い目で見てはくれませんでした。

そう、後継者争いです。

第一王子殿下の立太子を望む派閥と、第二王子殿下を望む派閥との争いが始まったのです。

陛下も王妃殿下も、大変心を痛めたそうですが、そうやすやすと問題が解決するわけではありません。

友好国へ留学という形で、第一王子殿下を逃がすことにしたのです。

現在では齢《よわい》二十一となられるそうですが、今でも国に戻られてはいません。

説明が長くなりましたが、そういうわけでリオネル殿下は第三王子殿下が生まれるまで、長く王宮に住む唯一の王子として、少々甘やかされてきたのです。

「まあ、すごく悪い人ってわけではありませんけれど。基本的には成績優秀ですし、人当たりも良いですし……」

と、ここで、暗い空気を変えようとしたのでしょう、エマ様が「そういえば！」と口を開きました。

「今回から、新しい実技試験が行われますね。そして試験後には定期的に授業に組み込まれるとか。私、実はとても楽しみなんです！」

「ええっ……⁉　私は、ものすごく不安です」

「そういえば、エマ様の家系からは騎士を多く輩出していますものね」

話題がすっかり切り替わって、空気も変わりました。

エマ様が張り切る新しい実技試験とは、〝護身術〟です。

貴族令息令嬢とは、大小あれども危険なことに巻き込まれることも多いもの。

令息達は幼い頃から嗜みとして剣術、弓術といった武術を習っていますし、ある程度は自分で身を守れるでしょう。

しかし、ご令嬢達にはそのような経験がほぼありません。

このご時世、女性も自分の身を守る術《すべ》を身に付けると良いのでは？　という意見が出たそうです。

「今回の試験はクラスを分けるのに、どれくらい動けるかを見るだけだって話ですし、そんなに肩に力を入れなくても大丈夫ですよ」

「それはそうですが……」

うきうきしているエマ様とは正反対に、お淑やかなジュリア様は不安な様子です。

ですが、貴族のご令嬢ならばそう反応する方が多いでしょう。

エマ様はきっと、お家柄幼い頃から武術に親しんできたのでしょうね。

この世界では、女性が武術を嗜むのは一般的ではありませんが、疎《うと》まれることもありません。

王宮の騎士団にも、少なからず女性の騎士が在籍していますし。

エマ様のお家のように騎士の血筋ともなると、剣を持つ女性が多いのではないでしょうか。

「セレナ様はどうです？　やっぱり、少し不安ですよね？」

同意を求めようとするジュリア様に苦笑しながら、わたくしは答えました。

「いえ、実はわたくしも、少し楽しみなんです」

「えええっ⁉」と叫ぶジュリア様と、意外そうな顔をしたエマ様との反応に、悪戯が成功したような気持ちになり、わたくしは微笑んだのでした。


そうして三人で和やかな時間を過ごした後、ジュリア様とエマ様と別れました。

帰る前に少しだけ図書室に寄りたかったので、わたくしだけ少し早めに失礼したのです。

「意外ですね。お嬢が武術に心得があったなんて。前の世界でってことでしょう？」

「ええ。母上様が色々と習わせて下さったので」

ここそこそとリュカと話しながら廊下を歩いていましたが、試験が終わってもう帰ってしまった方が多いのでしょう。人とすれ違うことはほとんどありませんでした。

カフェテリアも普段より人がまばらでしたしね。

ですから、少し気が緩んでいたのです。

曲がり角の向こうから人が来ることに気付くのが、遅くなってしまいました。

「きゃっ！」

「おっと」

急に前方に現れた方と見事にぶつかってしまい、あわや転倒するというところで、たくましい腕がわたくしを支えてくれたのです。

「お嬢！　大丈夫ですか!?」

「え、ええ、大丈夫。申し訳ありません、前方不注意でしたわ」

「いや、こちらも悪かったな。怪我がなくて良かった」

焦るリュカに心配いらないと告げ、体勢を整え助けてくれた目の前の男性を見上げると、顔とお名前だけは知っている方でした。

彼はふたつ年上の第五学年、レオ・アングラード様。

先ほどお話に出てきた、隣国の第三王子、フェリクス・セザンヌ殿下のご友人として一緒に留学されてきた方です。

こんなに間近でお顔を拝見するのは初めてですが、とても整っておりますのね。

光を浴びると艶《つや》やかに輝く、ところどころ赤みを帯びた黒髪。そして鋭く光る金色の瞳。

まるで、一匹のしなやかな野生の猛獣のようです。

そして百七十センチのわたくしの頭ひとつ分近く背が高いところを見ると、百八十五センチはありそうですね。

端正《たんせい》なお顔立ちなうえに高身長とあれば、ご令嬢方に人気なのも頷けますわ。

「レオ？　どうしたんだ？」

そこへ、アングラード様のうしろから、ジュリア様の婚約者であるフェリクス殿下が現れました。

藍《あい》色の上品な髪と、知性を感じさせる紫紺《しこん》の瞳。

ジュリア様と並ばれると、それはそれは絵になるのでしょうね！　見てみたいですわ！

と、興奮しそうになったところを背後からリュカにつつかれ、はっと我に返りました。

危ないですわ。

いくら素敵な恋人達を見つけたといっても、暴走しないと約束したのでした。

「ああ、フェリクス。いや、少し俺がぶつかってしまってな。運良く怪我はなかったんだが、謝っていたところなんだ」

「そう、気を付けなよ。君は……第三学年の、セレナ・リュミエール公爵令嬢だったね。最近話題の」

さらりと自分のせいだと言って下さるアングラード様は、見た目に反してとても紳士的なようです。

それにしても、〝最近話題の〟とは……。

恐らく、見た目を変えたからでしょうね。

「ジュリア嬢から聞いているよ。とても素敵なご令嬢で、すごく良くしてもらっているんだと」

……なんと、話題の情報源はジュリア様でした。

どことなくですが、婚約者の名前が出てフェリクス殿下の頬が緩んだ気がしました。

「そんな、わたくしの方こそ仲良くして頂いて、毎日とても楽しく過ごせておりますの」

そんな殿下に好感を覚えてふわりと微笑むと、面食らったような顔をされてしまいました。

「ふうん、ずいぶんと雰囲気が変わったと聞いてはいたけれど……」

「おい、そんなじろじろと見てやるなよ」

顔を近付けてきた殿下とわたくしの間に、アングラード様が体を差し入れ、庇《かば》うように立ったのです。

「ああ、申し訳なかったね。ジュリア嬢の友人ということで、気が緩んでしまったようだ。もし良かったら、今度彼女やレオも交えてお茶の時間でも一緒にどうだい？」

「まあ……。そんな、恐れ多いですわ」

一度はそう言って遠慮させて頂いたものの、ぜひにと言われてしまったので、「光栄です」とだけ返すことにいたしました。

社交辞令かもしれませんしね。ジュリア様はともかく、アングラード様が嫌がる可能性だってあります。

「ではわたくしはこれで。アングラード様、大変失礼いたしました。殿下も、御前失礼いたします」

ここで長話になるのは避けたい事情もありますので、そう言ってスカートの裾を持ち、お辞儀をしました。

「ああ、すまなかったな」

「またね、リュミエール公爵令嬢」

何事もなかったかのように振る舞いその場を辞《じ》しましたが、心臓はバクバクでしたわ。

そうして角を曲がっておふたりの姿が見えなくなり、しばらく進んで図書室の前に来ると、ぴたりと足を止めました。

「？　お嬢、どうしたんですか？」

「び、びっくりいたしましたわ!!」

あくまでも小声でしたが真剣なわたくしの声に、リュカが驚きます。

「ま、まさかあのような映画や漫画のような一場面を経験することになるなんて！　なんとか表情を取り繕《つくろ》っていましたが、わたくしを庇うような仕草までされて、正直限界ですわ！　すぐにお別れできて良かったですが、リュカ、わたくし最後まで冷静さを保てていたでしょうか!?」

いまさらに思われるかもしれませんが、こういう恥ずかしさは後からじわじわ来るものなのです！

「エイガ？　マンガ？　なんかよく分かりませんが、全然普通に見えましたよ」

むしろいつもの暴走姿よりよほどマシだった、とのリュカの言葉は、混乱していたわたくしの耳には残念ながら届きませんでした。

「ふう、見る側だった時はただ羨ましく思っていただけですのに、当事者となるとこんなに我を忘れることになるとは……。危険ですわ」

母上様、ときめきとは恐ろしいものですのね。

わたくし初めて知りましたわ。

平民になって自分の恋を見つける時には、もっと気を引き締めなければいけませんわね！

さて、胸の鼓動も収まってきたところで、気を取り直して図書館に参りましょう。

姿勢を正し服装の乱れを直すと、わたくしは図書室の扉を開けました。

「……それは、あのアングラード様にドキドキしたってことか？」

入室する直前のリュカの呟きには、気付くことなく。

◆　◆　◆

「レオ？　どうしたんだ？」

「いや……。あの令嬢、気になるなと思ってな」

リュミエール公爵令嬢が去った後、俺はフェリクスと共に廊下を歩きながら小声で話を始めた。

「ほう？　女性に興味を持つなんて、珍しいな」

「はっ！　そういう意味じゃない。それに、おまえこそ婚約者以外の女にあれだけ友好的なのも珍しいじゃないか」

からかうような口調のフェリクスに、ばっさりと言い切る。

常識的に考えれば、いくら友人とはいえ、一国の王子であるフェリクスに対し、こうも対等に話すことは無礼に当たるだろう。

しかし、当のフェリクスはそれを気にした様子もない。

それが許されているのには、ある事情がある。

「……女って、キラキラと無駄に重い装飾品やドレスを身に纏って、香水の匂いをプンプンさせてる奴ばかりだと思ってたけど、そうじゃない奴もいるんだな」

倒れる寸前のところを支えた時、まるで余計な装飾など自分には必要ないとでもいうように、セレナは一粒の宝石すら身に着けてはおらず、とても軽かった。

それに、香水の類《たぐい》の香りなど一切しなかった。

大した身分でないと思われていても、フェリクスの側にいる俺には、獲物を狙うような女共の眼が向けられる。

少し話しただけだが、そんな女共とセレナは全く違う。

すぐに自分の不注意を謝罪し、こちらの謝罪もすんなりと受け入れた。

王子であるフェリクスに対しても、友人の婚約者だからかもしれないが、適切な距離を取りつつ、不快な気持ちにさせないよう配慮していた。

なにより、俺達に擦《す》り寄る様子が、一切見られなかった。

それに。

「……カフェテリアでの会話も、興味深いものだったな」

そう、悪役令嬢についての話が終わった後、誰も気付いていなかったが、セレナがジュリアやエマと話していた時に、俺も側にいたのだ。

武術試験についての話、令嬢にしては珍しいなと、つい耳が傾いてしまった。

「リュミエール公爵令嬢、ね」

実技試験が楽しみだなと呟き、俺はその場を後にした。

「それで？　セレナの様子はどうだい？」
その日の夜更け、セレナを部屋に送り届けたリュカは、その足でランスロットの待つ執務室へと向かった。
扉を開けると、そこには公爵と公爵夫人、そしてエリオットが勢揃いしていた。

セレナ以外全員集合のこの状況、リュカは泣きたくなった。

「はい。お嬢は、まあ、一応？　順調みたいです」

「……もっと具体的に報告してくれるかな？」

　そう、ふわっとした答えを返したのだが、ランスロットがそれを許してくれるわけがなかった。

　笑顔の奥に見える黒いモノが怖すぎる。

　仕方なくリュカはこれまでのセレナの言動、状況、馬鹿王子と女狐の現状を具《つぶさ》に話すことにした。

　ミアとの勉強会に至るまでの経緯、その内容、ランスロットから助言をもらった台詞の活用、新しくできた友人、そして今日のレオやフェリクスとのことまで。

「……おい、ランスロット」

「うん、なんとなく予想はしていたけれど。想像以上だったね」

　兄弟のやり取りに、両親達もうんうんと頷いた。

「全然悪役令嬢なんてしていないじゃないか!?　ランスロットの気色悪い物真似がちっとも活かされていないない！」

「エリオット、気色悪いは余計じゃないかい？　それに、君は悪役令嬢になることを反対していただろう」

「それはそうだが、しかしここまで悪役になれない奴がいるか!?」と、エリオットは頭を抱えた。

しかも当の本人は悪役令嬢になり切れていると本気で思っているところが謎すぎる。

「まあまあ、オランジュ伯爵令嬢にルノワール侯爵令嬢ね。おふたりとも見る目がおありのようで、私も嬉しいわ。今度私が主催するお茶会には、母君と共にぜひ出席して頂きたいわね」

「うむ、父親達も悪い人間ではない。今度の会議で同じテーブルにつくはずだ。挨拶くらいはしておこう」

そして公爵夫妻もまた、親馬鹿全開でセレナの新しくできた友人を歓迎しようとしている。

なぜ誰も疑問に思わないんだ⁉　と口をぱくぱくと開閉しているエリオットを、リュカは同情たっぷりの目で見つめていた。

この公爵家で普通の感性を持っているのは、次男だけだったのだな、と。

「しかし、見逃せない点がひとつだけある」

そこへ、真剣な瞳でランスロットが声を上げた。

「セザンヌの第三王子とその友人。アングラードといったか？」

リュカはただ単に、レオとセレナがぶつかってフェリクスともたまたま出くわした、くらいにしか報告していなかったのだが、ランスロットは見逃さなかった。

そしてそれは、エリオットも同じだった。

「そ、そうだ！　そいつら、まさかとは思うが、セレナに惚れたりはしていないだろうな⁉」

「いえ、第三王子がジュリア嬢の婚約者ということで、少し挨拶しただけです。アングラード様も、大して気にしていない様子でした」

「気に留《と》めないとは、それはそれで腹が立つな」

どっちだよ、とリュカは思った。

「まあ、セザンヌの王子は理性的な人間だと有名だし、大丈夫だろう。せっかくセレナにできた友人の婚約者だし、面倒なことにはならないでほしいね。気になるのはレオ・アングラードという男だけれど……」

「王子の友人だといって共に留学してきたらしいな」

真剣な顔で相談する兄弟を、まるで国の有事について話し合っているみたいだなとリュカは思った。

これでセレナが彼を相手にドキドキしていたなんて話をしたら、どうなってしまうのだろう。恐ろしすぎて、リュカはそれ以上考えないことにした。

「……父上、母上。先ほどからなにもおっしゃらないのは、なぜですか？」

と、自分達の話に入ってこない両親を不思議に思って、ランスロットが訝《いぶか》しげに聞いた。

そういえばと、エリオットも両親の方を見る。

「ふふ、後できっと分かるわよ」

「不本意だが、今はなにも言えん」

にこにこと笑うだけの母とぶすっとした顔をする父に、兄弟とリュカは首を傾げるのであった。

第7章

円舞曲《ワルツ》は恋人達のための踊りですのよ？

座学の試験が終わって三日後。

束の間の休息を経て、ついに実技試験期間に入りました。

今回の実技試験は、マナー、ダンス、魔法、楽器演奏、そして武術。

種類は少なくとも、時間のかかる試験が多いため、一教科に一日ずつあてられています。

マナーの試験など、実際にドレスを着込んで茶会の場を再現し、挨拶の仕方やお茶の頂き方などを細かくチェック、それだけでなく昼食を兼ねたフルコースのマナー試験や夜会ドレスの選び方など、それはそれは多岐《たき》にわたるのですわ。

初日にこのマナー試験が行われたのは、わたくしにとって良かったのかもしれません。

元々セレナには知識がありましたし、前世でも洋食マナーなど習っておりましたから、公爵家でも作法について咎《とが》められることはありませんでした。

だから大丈夫でしょう、と思っていた通り、内容的には問題なかったのです。

ですが、着慣れないドレスを長時間着用するのは正直、辛いものがありましたわね。

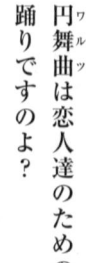

試験はほぼ丸一日ですもの、ダンスの練習に二、三時間着ているのとは訳が違いましたわ。

前世で着物を一日中着ているのには慣れていましたが、それとドレスは別物だったようです。

まあそんな予想外の難点はありましたが、なんとか試験は乗り越えることができました。

エマ様とジュリア様という精神的な支えがあったことも大きいですわね。

試験のテーブルが一緒で、緊張が解《ほぐ》れましたもの。

一番体力的にも精神的にも辛いこの試験が最終日だったなら、ドレスに慣れないわたくしの体は最後まで耐えられなかったかもしれませんね。

そして二日目は楽器演奏。

この世界には、前世と同じようなピアノやヴァイオリンなどの楽器が存在しています。

意外にも……というと失礼かもしれませんが、ピアノ専攻のミアさんはなかなかの腕前でした。

平民だった頃にはなかなか触れられなかったと思うのですが、男爵家に来てから猛練習したのでしょう。

もしくは、とても才能があったか。

いずれにしろ、ヒロインとしての魅力はばっちりですわね。

わたくしも前世は琴を嗜んでおりましたが、さすがに洋風のこの国では、琴は見たことがありません。

というわけで前世の技は活かせませんが、セレナも音楽の才が全くないわけではなかったので、ピアノもヴァイオリンも、（緊張しなければ）それなりに弾けます。ですが、ミアさんやエマ様、ジュリア様の演奏には劣りますわね。

立派な悪役令嬢を目指す身としては悔しいですが、これは仕方ありません、わたくしは非凡《ひぼん》な人間ではないのですから。

一度にあれもこれもは無理です、少しずつ積み重ねていくことにしましょう。

ということで三日目。

今日はついにダンスの試験の日です！

時々早くお帰りになるお兄様方やリュカに相手役をお願いして、厳しいけれど指導力のある先生に教えて頂いたことで、我ながらなかなか上達したと思います。

リオネル殿下がお相手役ということだけが、少々気にかかりますが……。

果たして素直に悪役令嬢《わたくし》と踊って下さるでしょうか？

「お嬢、そろそろ時間ですよ」

「あ、今参りますわ」

自室で支度を終えたわたくしを、扉の向こうからリュカが呼んでくれて、腰を上げます。

強い赤をベースに黒のレースや金の刺繍《ししゅう》が入った、今日の日のために誂《あつら》えたザ・悪役令嬢ドレスを翻《ひるがえ》し、わたくしは扉を開きました。

なぜ制服ではないのかというと、マナーやダンスの試験の日は、各々《おのおの》ドレス姿で登校することになっているのです。

普段よりも登校時間が遅めになっていることからも分かるように、大変時間がかかるのですよ、ドレスというものは。

今日はドレスに合わせて、以前のセレナに近い少し悪女っぽいイメージにしてもらったため、髪のセットや化粧にもかなりの時間を要してしまいましたし。

まあ着物もなかなか準備が大変でしたけれど。

舞台に上がっていたあの頃を懐かしく思いながら、リュカの手を借り馬車に乗り込みます。

しかし今回は、前世の舞台とは違います。

修練《しゅうれん》を積んできたとはいえ、試験が始まるのが怖いような、楽しみなような……。

「大丈夫ですよ、お嬢」

会話のなかった車内に突然響いたリュカの声に、いつの間にか俯いていた顔を上げると、優しい眼差しと目が合いました。

「厳しい練習を積んできましたし、努力も重ねてきた。今日のお嬢は特別綺麗なんですから、胸を張ってその美しさを見せびらかせば良いんですよ」

わたくしの不安を読んだかのように、リュカが励ましてくれたのです。

「あんた、〝悪役令嬢〟なんでしょう？　そんな緊張で震えてる悪役令嬢なんて、三流役者ですよ」

「……そうですわね。わたくしとしたことが、立派な悪役令嬢になるという目的を忘れていました」

胸を張って、堂々として。

美しく、気高い。

それが、わたくしの目指す悪役令嬢。

「ありがとうございます、リュカ。もう大丈夫ですわ。わたくし、今日の試験でミアさんを圧倒させる舞を披露いたしますから、見ていて下さいませね」

「上等。楽しみにしてますよ」

にっとしたリュカの悪戯な笑顔に勇気をもらって、わたくしは馬車から降り、今日の舞台へと続く一歩を踏み出したのです。


試験会場は学園のパーティー用ホール。

入学式や卒業式（この世界にもあるのですわ）、パーティーなど様々な行事で使われています。

リュミエール公爵家の屋敷に備わっているそれと同じくらい、豪華《ごうか》できらびやかな造りになっていて、試験会場としては贅沢に思います。

この試験は全学年同日開催で、学年が違う婚約者同士でもパートナーが組めるように配慮《はいりょ》されています。

昔はくじ引きで決めていたようなのですが、まあ色々とあったみたいですね。

さすがに在籍者全員で行うのは無理なので、グループ分けされ、時間差で行うことになっています。

ホールに入場すると、すでに同じグループの何組かの生徒が集まっており、パートナー同士や友人達とお話しされていました。

グループが一緒だったジュリア様とフェリクス殿下のお姿もありましたが、仲睦《むつ》まじくお話しされていたので、挨拶は後にすることにしました。

それにしても、わたくしのお相手のリオネル殿下ですが……。

まだお姿が見当たりませんね。

もう集合時間は過ぎた頃だと思うのですが……。

殿下はいつもあまり早めにはいらっしゃいませんから、それほど気にすることではないかもしれませんが……。

なんだか、嫌な予感がいたしますわ。

「お嬢？」

リュカにかけられた声にびくりと肩を跳ねさせると、入場用の扉からよく見知った方達が現れました。

ああ、やはり。

悪い予感というものは、大抵《たいてい》当たるものなんですよね。

「ミア、すまない。少し遅れてしまったな」

「そんなことありません。主役は遅れて登場するものですから！」

ざわざわと周囲から戸惑いの声が聞こえます。

ええ、それも仕方のないことでしょう。

なぜなら、ミアさんのドレスとリオネル殿下のクラバットはどう見ても同じ布。

衣装にも、同じ刺繍が施《ほどこ》されています。

まるで対になるように作られたような……というか、実際そうなのでしょうね。

「お嬢……」

リュカも戸惑いの色を隠せない様子で、わたくしの背後に立ちました。

「セレナ様！　あれは……」

そしてジュリア様も、フェリクス殿下と一緒に心配そうに駆け寄って来て下さいました。

ここにエマ様もいたら、きっとわたくしのために怒って下さったのでしょうね。

それくらい、おふたりの行動は衝撃的なことなのです。

「セレナ？　……ああ、そういえば君も同じグループだったね」

ジュリア様の呼び声が聞こえたのか、リオネル殿下はわたくしの存在に今気付いたかのようにこちらを見ました。

「婚約者がパートナーとなる試験で、リュミエール公爵令嬢と第二王子が同じグループになるのは、誰もが知っていることだが？」

そんなリオネル殿下に冷静にそう返したのは、フェリクス殿下。

さすがに友好国の王子に悪態《あくたい》をつくことはできなかったのでしょう。

リオネル殿下は顔を歪めながらも、なにも言い返せない様子です。

そんな微妙な空気の中、ミアさんが「でも……」とおずおずと口を開きました。

「学園は在籍中、生徒は皆平等だと説《と》いているのに、婚約者がいる方は試験の相手も決められてしまうなんて。そんなの、不平等ではありませんか？」

かわいらしい声で、必死に訴える姿はまさにヒロイン。

「そうだ。だから僕は今回の試験のパートナーを、ミア・ブランシャール男爵令嬢とすることに決めた」

ざわり、と周囲から戸惑いを通り越して驚きの声が響きました。

「夜会では一曲目、必ず婚約者と踊らなければならない。学園でくらい、それに縛られなくても良いだろう？」

ミアさんに寄り添うリオネル殿下は、ヒロインを守ろうとするヒーローの姿そのものです。

ですから、わたくしはこう言うしかありませんでした。

「……かしこまりました。殿下の、ご随意《ずいい》に」

気品を損なわないよう、今できる最上質の礼をして、わたくしはその場から離れました。

そんな時、無言で去ろうとするわたくしの耳に、力強い、どこか威厳《いげん》すら感じさせられる低い声が響きました。

「ならば、俺のパートナーはリュミエール公爵令嬢ということで良いか？」

思いもよらない言葉にぱっと振り向くと、そこに立っていたのは、黒を基調に紫の差し色で飾られた正装に身を包んだ、黒髪の貴公子。

「予定されていた俺のパートナーがブランシャール男爵令嬢だったのだが、王子殿下と組まれるということなら、そうなるのが自然だよな？」

先日わたくしとぶつかってしまいました、アングラード様、その方でした。

「レオ。……そうだな、突然のことだし、そうするのが一番効率良さそうだね。どうですか、先生方」

予想外の連続で呆気にとられていた先生方が、フェリクス殿下の一言ではっと我に返りました。

王族達の言葉に反対するわけにもいかなかったのでしょう。

戸惑いつつも了承されました。

「じゃあ、そういうことで。リュミエール公爵令嬢、お手を」

「え？　あ、はい」

さっと出されたアングラード様の手に、反射的に手を重ねてしまいました。

すると、さっさとリオネル殿下達の側を離れようと、アングラード様はわたくしを引っ張って歩き出しました。

そしてその後を、リュカとジュリア様、フェリクス殿下も追って来てくれました。

「ここまで来ればあの不快な顔を見なくて済むだろう。災難《さいなん》だったな、リュミエール公爵令嬢」

手を引く力強さとは打って変わって、アングラード様が優しい声でわたくしを労《いたわ》ってくれます。

「本当に！　なんて非常識な……。セレナ様、気丈《きじょう》にしていらっしゃいましたけど、お辛かったでしょう？」

泣きそうな顔のジュリア様が、わたくしの両手を握ってくれました。

「同じ王子として情けないね。大切な婚約者に、人前であんな仕打ちをするなんて」

憤《いきどお》った声のフェリクス殿下がため息をつかれました。

そんな心配そうなお三方に向かって、わたくしはにっこりと微笑みました。

「そんな顔をしないで下さいませ。わたくし、全然気にしておりませんので！」

ぱあっと晴れた表情のわたくしに、お三方は口をぽかんと開け、少しうしろに控えたリュカは「やっぱりな……」と呆れた顔をしたのでした。

「残念といえば残念なのです。せっかく悪役令嬢としてアピールする場でしたので……。ですが、ああして主役達の純愛を見せつけるシーンならば、悔しげに去るのが正解ですわよね。急なシナリオ変更に、わたくしきちんと対応できていたでしょうか!?　突然のことに周りの反応まで見る余裕がなかったので、皆様に聞きたいのですわ！」

と、切実な胸の内を語れば、なぜか皆様無言でわたくしを見ていらっしゃいます。

「あの、セレナ様。まさか先日のお話は、本気で……？」

「？　もちろんですわ」

恐る恐るといった様子で聞いてくるジュリア様に、きっぱりと答えます。

「先日のお話がなにかはよく分からないけれど、とにかくリュミエール公爵令嬢は彼らのことを気に留めていないということかな？」

「あっ！　申し訳ございませんが、それは乙女の秘密にさせて下さいませ。それと、かの方々のことはある意味ではとても気に留めておりますが、嫉妬《しっと》という類の話であれば、全くこれっぽっちも、とだけお返事させて頂きます」

どことなく楽しそうな様子のフェリクス殿下には、わたくしのつまらない私情に付き合わせてしまったことを申し訳なく思いながら答えます。

「……それではなんだ、俺のやったことは無意味だったのか……？」

なぜだかアングラード様がショックを受けたように蹲《うずくま》っておられます。

「あっ、いえ！　さすがにわたくしも予想外のことに足が震えておりましたので、ああして手を貸して頂いて、連れ出して下さったのはとてもありがたかったです。先日のことといい、アングラード様は、とてもお優しいのですね」

あわあわと慌てて、小さくなってしまったアングラード様の頭に向かってお礼を言います。

あ、つむじが見えますわ。

長身の方のつむじってなかなか見られないので貴重ですわね！

そんなことを考えていると、むくっとアングラード様が顔を上げて、わたくしをじっと見つめました。

「？　あ、そうですわ。試験の相手役まで務めて頂けるなんて、本当になんとお礼を言ったら良いか……。わたくしなどでは不服《ふふく》かもしれませんが、足を引っ張らないように精一杯努力いたしますので、よろしくお願いいたします」

ぺこりとお辞儀をすれば、はあぁと深いため息が聞こえました。

「レオ」

「はい？」

「その、アングラードっていうの長いからな。レオで良い。フェリクスもそう呼んでいるし」

「ええと、では、はい。レオ様、よろしくお願いいたします」

よく分かりませんが、わたくしの相手役をご了承頂けたということでよろしいのでしょうか？

「あんたのことも、セレナ嬢と呼ばせてもらう。リュミエール公爵令嬢、長くて呼び辛い」

まあそうですわよね。日本名は〝如月さん〟など呼びやすいですけど、リュミエール公爵令嬢なんて長ったらしいですもの。

「もちろんよろしいですよ」と答えれば、やっとアング……いえ、レオ様が笑ってくれました。

「じゃ、こっちはこっちで仲良くやろうぜ。あんた、面白いし」

面白い……？

「自分ではあまり面白みのない人間だと思っているのですが。そのせいでリオネル殿下にも愛《あい》想《そ》を尽《つ》かされてしまったわけですし」

「ぶっ！」

「ええ～！　リュミエール公爵令嬢、本気で言ってる？」

「そんな！　それは殿下の見る目がなかっただけですわ！　セレナ様はとっても素敵な方です！」

首を傾げながらそう言えば、三者三様の反応が返ってきました。

レオ様は笑いを堪えるように顔を手で覆《おお》い、フェリクス殿下は疑いの眼差しを向け、ジュリア様はぷんすかと否定。

「だから言ったのに。無自覚に誰も彼も誑し込むんだから……。はあ、俺絶対に旦那様と兄弟にしばかれる……」

「？　なんです、リュカ。なにか言いまして？」

「なんでもないです」と首を振るリュカは、呆れたような、それでいて仕方ないなという表情で、先ほどの騒動で乱れたわたくしのドレスを整えてくれました。

なぜでしょう。

悪役令嬢として、試験を通じてミアさんにリオネル殿下とのダンスを見せつけるという任務は失敗に終わったのに。

こんなにも心が満たされているのは。

ミアさんとリオネル殿下の素敵なシーンを見ることができたから？

いえ、恐らく違いますね。

「さ、じゃあ緊張が解れたところで、そろそろ俺達の番だ。初めてだからな、合わせ辛いところがあるかもしれないが、俺もできるだけのことはやる。セレナ嬢、手を」

笑いを収め、警戒を解いたような、リラックスした表情でレオ様がわたくしに手を差し出してくれました。

その大きな手に、わたくしも手を重ねます。

「セレナ様なら絶対大丈夫です！」

「応援してるよ、ふたりとも」

「お嬢、頑張って下さいね」

こんな気持ちで試験に臨《のぞ》むことができるなんて、思っていませんでした。

「はい、頑張ってまいります！」

温かい眼差しに見送られながら、わたくしとレオ様は手を取り合ってホールの中央へと歩き始めたのです。

◆ ◆ ◆

第二王子とブランシャール男爵令嬢の入場は、それはそれは周囲の者を驚かせた。
その驚きが、嫌悪感の滲《にじ》むものであったことは、言うまでもない。
いわば見本になるべき一国の王子が、婚約者がいる立場でありながら理《ことわり》を捻じ曲げ、他の女をパートナーとして選んだのだ。

それも、揃いの衣装まで誂えて。

これに眉を顰める令嬢は多かった。

その王子の相手がブランシャール男爵令嬢であることも良くなかった。

なにせ彼女はとてもかわいらしい容姿をしており、わざとらしくとまではいかずとも、他の令息達とも親しげに接することが多かったから。

そんな令息達の婚約者達は、皆不満を持っていた。

そんな関係ではないと否定されてしまえば、それまで。

けれど、疑惑は憶測を呼び、憶測は時に真実さえも捻じ曲げてしまうものだ。

ブランシャール男爵令嬢は、お気に入りの男性達を侍《はべ》らせ、第二王子すらも唆《そそのか》している。

そんな噂がまことしやかに流れていた。


「さあ、これで邪魔者はいなくなった。ミア、僕のパートナーとして堂々と踊ろうじゃないか」

「……そうですね！　嬉しいです！」

レオがセレナの手を引いて去った後、リオネルに手を握られたミアははっとしてそう答えた。

(今の……なんなの？　あたしがやってたゲームのイベントとは違った。あんな……俺様系っぽいイケメンなんて知らないし、悪役令嬢のセレナだって震えて逃げ出すだけだった。また、バグなの……？）

内心の不安を隠しながら、ミアはリオネルと微笑み合う。

そして、試験官から順番を呼ばれるまで飲み物でも飲んでゆっくりしようと、ホールの端に移動した。

その時に感じた視線も、思っていたものとは違うことにミアは困惑《こんわく》した。

（どうして……？　ここは、周りの人間達も真実の愛を貫こうとする私達に、羨望《せんぼう》の眼差しを向ける場面じゃないの⁉）

そしてリオネルもまた、その視線に含まれている感情には気付いており、ミアを守るようにして腰を抱いた。

「大丈夫、君は僕が守るから」

（ときめくような甘い台詞なのに、少しも安心できない。あたしはヒロインで、リオネルは攻略対象《メインヒーロー》なのに。どうして……）

ミアの頭の中がその言葉でいっぱいだった、その時。

「次のグループ。第二学年――第五学年レオ・アングラード、え～ゴホン、第三学年セレナ・リュミエール組。以上五組、中央へ」

元々のミアのパートナーだった男と、悪役令嬢のはずの女の名前が呼ばれた。

ふたりとも長身で迫力のある美男美女。さらに先ほどの騒動もあり、とてつもなく目立っていた。

堂々とした振る舞いとその立ち姿には気品が感じられ、急ごしらえであるにもかかわらず、まるで本来のパートナーであるかのように、ふたりの並ぶ姿はしっくりときていた。

「ね、レオ様のあんな表情、初めてではありませんこと？」

「本当！　リュミエール公爵令嬢と親しいなんて、聞いたことありませんでしたのに……」

悔しそうにしつつも、ふたりがお似合いであることを認める令嬢達は多かった。

少し前までの派手な彼女を彷彿《ほうふつ》とさせる装《よそお》いなのに、女性としての美しさと強さを感じさせ、それがまたレオの隣によく似合っていた。

物語の中の王子様のようなリオネルの隣では、輝けなかった美しさ。

そしてそんな彼女を見つめるレオの表情は、普段の彼からは想像もできないほど優しかった。

なにより、円舞曲を踊るふたりが、とても楽しそうで。

軽やかなステップも、長い手足を活かして伸びやかにとるピクチャーポーズも。

息ぴったりで流れるような踊りに、周囲の者は魅了されていた。

「素敵……」

思わずそんな称賛《しょうさん》の言葉が零《こぼ》れてしまうのも、仕方のないことだった。

◆◆◆

「ずいぶんと楽しそうだな」

「ええ、とても楽しいですから」

ホールの中央でレオ様とホールドを組むと、なぜだかとてもしっくりときて、ステップを踏み始めるとすごく体が軽く感じられました。

長身のわたくし達は、なかなか身長の釣り合うお相手がいないのですが、どうやらちょうど良い身長差のようですね。

そしてレオ様はとてもリードがお上手です。

お兄様方ももちろん上手なのですが、なんと言いますか、優しすぎると言いますか……。

レオ様はわたくしの手や体を少しだけ遠くに導こうとします。

それが普段よりもわたくしの体を伸びやかに、優雅《ゆうが》に見せてくれるのです。

そのどきどき・わくわく感が楽しくて、思わず顔が綻《ほころ》ぶのですわ。

円舞曲といえば恋人達のための様な踊りで、少々この距離感が気恥ずかしくはあるのですが、楽しさの方が勝ってしまいましたわ。

「俺はよく無茶をすると言われるのだが。セレナ嬢は違うのだな」

「はい。こんなに自分の体が開くなんて、知りませんでした。レオ様は相手の持つものを引き出すのがお上手なのですね」

事実を口にしただけなのですが、レオ様は面食らったような表情をしたのち、ぷはっと笑いました。

「俺もつられるから止めろ」

「なぜです？　ダンスは本来、楽しむものでしょう？　笑って下さいませ」

こんなにも踊っていて楽しい気持ちになったのは初めてです。

ああ、そういえばこれは試験だったのですわと思い出せば、試験官から終了の合図が出され、曲が少しずつ消されてしまいました。

残念。そんな言葉が頭をよぎった時。

「残念。終わってしまったな」

頭上から、レオ様の低い声が聞こえました。

ぽかんと間抜けな顔で見上げてしまうと、「どうした？」と覗き込まれてしまいました。

「いえ……。すみません、わたくしの心の声が漏《も》れ出てしまったのかと思いまして……」

「……は？」

「ああっ！　申し訳ありません、わたくしなどが烏滸《おこ》がましいことを」

「いやいやいや、ちょっと待……」

「とりあえず退場いたしましょう！　次に出る皆様の迷惑になりますわ！」

はたと気付けば、いつまでも中央にいるわたくし達に「どうしたんだろう」という視線が集まっております。

これはいけません。人様に迷惑をかけるな、これは母上様の教えのひとつです。

ぐいぐいとレオ様を引っ張って退場すれば、試験官のほっとした顔が見えました。

ふう、ぎりぎりのところで気付いて良かったですわ。

「セレナ様、レオ様！　本当に、とっても素敵でしたわ！」

先ほどの場所に戻ると、キラキラとした瞳のジュリア様がたくさん褒めて下さいました。

フェリクス殿下やリュカの様子からも、練習は無駄でなかったのだと実感できます。

けれど今日のこの結果は、練習のおかげだけではなく、レオ様によるものが大きいでしょう。

ちらりと隣に立つレオ様を見ると、ばちりと目が合いました。

あれ、そういえば。

「そういえば、わたくし達の今日の衣装。ふふ、おかしいですね。急遽《きゅうきょ》決まったパートナーのはずなのに、まるでお互いの持つ色に合わせたかのようです」

レオ様の装いは、わたくしの髪と同じ黒色に、瞳の色のクラバット。

そしてわたくしのドレスは、レオ様の髪色に似た赤と黒に、瞳と同じ金色の刺繍。

「リオネル殿下とミアさんのようなお揃いも憧れますが、これも素敵だと思いますわ」

わたくし、きっと浮かれていたのでしょうね。

「な……っ！　お、おまえ……！」

「おや、なかなか大胆なことを言ってくれるね」

「お嬢……。だから無闇矢鱈《やたら》に誑し込むなと……」

「す、素敵です！　私もそう思います!!」

皆様の反応が面白くて、つい声を上げて笑ってしまったのです。

――――母上様、踊るということは、本当に楽しくて素晴らしいことですね。

母上様から長年教えて頂いた踊りではないのですが、わたくしは今日、心からそう思ったのです。

第8章

魔法陣？　前世では義務教育ですわ

「ジュリア様、ズルいです！　私もセレナ様と同じグループが良かった！」

「本当に素敵でしたのよ。レオ様ととてもお似合いで……。正直、第二王子殿下とブランシャール男爵令嬢のペアなど、おふたりに比べたら大したことなかったです」

「ジュ、ジュリア様。それは褒めすぎですわ。殿下とミアさんの踊りも、とても素敵でしたわよ」

今日は魔法の実技が行われます。

わたくしはエマ様とジュリア様と共に会場に向かう途中なのですが、ジュリア様が昨日のダンス試験のことをエマ様に説明しています。

というか、昨日の話を聞きつけたエマ様から、「私にも詳しく！」と説明を求められたからなのですが。

わたくしったら、昨日は悪役令嬢としての役目を忘れてすっかり楽しんでしまいました。

リオネル殿下に相手役を替えられてしまったことで、動揺してしまったのでしょう。

でも、悪役令嬢としての品格はしっかり主張することができましたし、結果的には良かった気がします。

最後に踊ったリオネル殿下とミアさんのダンスも、とてもかわいらしくて素敵でしたしね。品格vs真実の愛、勝負は引き分けといったところでしょう。

なかなか良い調子ですわと上機嫌でいると、エマ様が「あれ？」となにか疑問が浮かんだようです。

「でも、アングラード様とはいつの間にお知り合いになったんですか？　フェリクス殿下の婚約者であるジュリア様はともかく、今までそんなお話聞いたことありませんでしたけど……」

「ああ、それは……」

かくかくしかじかとレオ様とぶつかった時のお話をしました。

よく考えたら、まだ二回しか会ったことのない方なのに、あんなにも打ち解けてお話しできたのが不思議ですね。

前世と合わせても、家族以外の男性に免疫《めんえき》があるとは言えないのですが。

ああでも、昨日は少々馴れ馴れしくしすぎてしまったかもしれません。

今度お会いした時は、もう少し節度を守らなくてはいけませんね。

わたくしがひとりで反省会をしていると、隣を歩くエマ様がほうっとため息をつきました。

「なんだか、物語みたいですね！　素敵です……」

「やっぱりそう思いますよね!?　私も、昨日のおふたりを見て、悪役にされたお姫様を救う王子様みたいだなって思っちゃいました！」

ジュリア様まで興奮してありえないことを言い始めてしまいました。

「いえ、わたくしは悪役にされたお姫様ではなく、悪役令嬢を目指しておりますので……」

そう口を挟もうとするわたくしの言葉など聞こえないとでも言うかのように、おふたりは試験会場に着くまでの間、その後も延々とレオ様とわたくしの話で盛り上がっていました。

そんなおふたりのうしろでリュカが小さく笑っていたことに気付きましたが、だからといって楽しそうなおふたりになにも言うことができず、ただただ聞くに徹《てっ》することにしたのでした。


「それでは魔法実技の試験を始めます」

会場に到着してしばらくした後、試験官がやって来て内容の説明がありました。

今回の実技試験は、以下の三つ。

一つ目、基本の火・水・土・風の攻撃魔法を一種類ずつ魔法人形に当てる。得意不得意もあるので、魔法の難易度は自由。

二つ目、試験官が指定した魔法を五種類発動させる。

三つ目、今行える最も強力な魔法を使ってみせる。

まあ、大体いつもの試験と似通った内容です。

どの程度成長したかを見るための試験でもありますので、内容はそれほど変えないようにしているのかもしれませんね。

珍しいのは、三つ目です。

今行える最も強力な魔法……。

これは、どうとでも解釈《かいしゃく》できるものですね。

そのまま考えるのなら攻撃魔法、治癒《ちゆ》力の高い魔法でも良いわけですし、状態異常系でも良い。

いえ、状態異常はまずいですね。誰にかけるんだという話になってしまいますもの。

ちなみにこの世界の魔法とは、呪文を唱えて使うものではありません。

そして映画に出てくる魔法使いのように杖を使うものでもないのです。

ではどうやって？　と思うでしょう、ええ。

実は、指先に魔力を集中させ、空中に魔法陣を描くのです。

呪文も杖も素敵だと思うのですが、魔法陣というのも、なかなか心くすぐられるものですね。

基本の図形を描き、最後に古代文字でその魔法を表す言葉を刻《きざ》めば発動します。

少々描くのに時間がかかってしまうのは難点ですが、その面倒くささが逆に魅力でもあると思うのですわ！

それに、魔法陣にはわたくしに馴染みのあるものが使われていますし。

ひとり浮き足立っていると、隣にいたジュリア様が、試験官の提示した内容に眉を下げて俯いていました。

「はぁ……。私、相変わらず土魔法は苦手なんですよね。簡単なやつでも良いでしょうか？」

「得意不得意があるから難易度は自由って言ってるし、良いと思いますよ。得意の水魔法ですごいのを出せば大丈夫ですよ！　セレナ様は……なんだか、すごく楽しそうですね……？」

エマ様からご指摘されてしまうくらい、わたくしってば顔が緩んでいたのですね！

「分かってしまわれます!?　そうなんです、わたくしとてもわくわくしていますの！」

それでもやはり我慢できませんわ！

特に自由度の高い三つ目の課題では、普段の授業でなかなか見ることができない魔法までお目にかかることができるかもしれませんもの！

わたくしも勉強していますが、もっと優秀な方がたくさんいるでしょうし、知らない魔法もあるかもしれません。

自分の試験については、今できる精一杯の力を出すだけです。

「そういえばセレナ様、最近魔法学の授業を熱心に受けていらっしゃいますよね。魔法陣を覚えるだけでも大変なのに……。すごいです」

魔法の発動にはまず魔法陣が必要となるのですが、魔力が低いと適性の高い属性でも高難度の魔法は使えないし、魔力が高くても適性の低い属性は低難度のものしか使えないことが多いのです。

ジュリア様は、魔力についてはまあまあ、適性が高い属性は水、低い属性が土、あと魔法陣を覚えるのはちょっと苦手という感じですね。

「私は数式とかよりも図形を覚える方が得意なので、割と好きですけど。でも、魔力がイマイチなんですよねぇ……」

そう答えるエマ様は魔力が若干少なめ、適性は大体どの属性もまんべんなく、魔法陣を覚えるのは結構得意という感じです。

そしてわたくしは――――。

「では、試験を始める」

そこで、試験官から開始の合図が出されました。

今日の魔法実技は、クラス単位で行われています。

そのため、同じクラスのリオネル殿下はいらっしゃいますが、ミアさんは別。

今日は悪役令嬢のアピールの場ではありませんので、個人的に楽しませて頂きますわ！

名前を呼ばれていく方々の魔法をわくわく顔で拝見していきます。

一つ目の課題では、大体の方が中級程度の似た魔法を使っていらっしゃいますね。

それにしても、的となっているあの魔法人形は不思議です。見た目は騎士が剣の稽古に使う藁《わら》でできた人形にそっくりですが、どんな魔法を当てられても燃えたり崩れたりしません。

魔法を無効化しているのでしょうか？

「魔法人形の原理に興味を持つなんて、セレナ様は変わってますね。私などずっとそういうものだと思っていましたし、不思議に思うことなんてなかったです」

「まあ、そうなのですか？　興味を持つと小さいことまで気になってしまう性格でして……」

「あれ？　でも、セレナ様ならすぐにそういうことを調べそうなのに。今までなにもされなかったんですか？」

ま、まずいですわ。エマ様、さすがに鋭くていらっしゃいます。

「……魔法に興味を持ったのがつい最近なので、今まで気に留めなかったようなことも気になるようになってしまったのですわ」

もっともらしく笑顔で答えれば、なるほどと納得して頂けました。

さすがに前世を思い出したから知りたくなった、という話は説得力ありませんものね。

そうこうしているうちに、リオネル殿下の名前が呼ばれました。

「……あら？」

まずは得意の火魔法から始めるつもりのようで、殿下は魔法陣を描き始めたのですが、最後に古代文字で書くはずの言葉が、普段使われている文字とは違います。

「殿下は別種の古代文字が書けるのです。なんでも、あの魔法陣の図形の一部もその古代文字と同じ国のものだという意見もありますし、一説によるとそれも文字なのではないかと言われているのです」

それって……。いえ、確かに。

「ジュリア様はとても博識ですのね。わたくし、初めて知りましたわ」

ジュリア様の言っていることは、恐らく……というか、正しいです。

だって。

「いくぞ！　〝ふぁいやーうぉーる〟！」

殿下がそう唱え描いた魔法陣には、平仮名で〝ふぁいやーうぉーる〟と書かれていたのですから。

……大変失礼ではありますが、下手く……。

いえ、そうですね。海外の方が頑張って書く日本語のような文字です。

前世日本人としては残念な気持ちでその魔法陣を見ていましたが、日本語を知るはずもない他の皆様は、さすが殿下だと羨望の眼差しで見つめています。

実際、発動した火魔法〝火柱《ファイヤーウォール》〟は、同じ魔法を使った他の方のものよりも、ものすごい勢いで魔法人形を覆っています。

「ほ、ほんの少しではあるが、人形に焦げ目が……。さすが殿下ですな、素晴らしいです」

火が消え去った後、人形を確認した試験官も目を見張っています。

「皆様は、あの文字を知らないのですか？」

「もうほとんど知っている人のいない文字だとされていますからね。私も何度か殿下の魔法陣で見ましたが、なんかこう……。うねうねしていたりパーツが分かれていたり、覚えにくそうな文字ですよね……」

エマ様がお手上げだという様子で教えてくれました。

確かに前世でも日本語は漢字・片仮名・平仮名と三種類あり、平仮名だけでも五十音と言われて多いため、英語などと比べて難解とされていましたものねぇ……。

それに、この世界で日本語を書ける人の真似をしようとしても、殿下のような下手く……

少々崩れた文字を見本にすれば、初めて書く人はさらに崩れていくでしょうし。

　ちなみに先ほどジュリア様がおっしゃっていた、ひょっとして文字ではないかという魔法陣の図形の一部、あれは片仮名です。

　火魔法には〝ヒ〟、水魔法には〝ミズ〟、それと○や△などの形と組み合わせて描く魔法陣は、わたくしにとっては大して難しいことではないのですよね。まあ、物語に出てくる魔法陣とは少しイメージが異なるので、わたくしも最初は戸惑いましたけれど。

　……あ、そうですわ。

　続く殿下の二つ目の魔法に皆様が釘付けでしたので、こそこそとうしろに下がり、リュカの隣に立って耳打ちをします。

「リュカ、わたくしちょっと思いついたことがあるのですけれど」

「止めて下さい」

「……まだなにも言っていないのですが」

　相談しようと思ったのに、なぜか速攻止められてしまいました。

「言わなくても分かります。絶対、とんでもないことになりますから、止めて下さい」

　そう言い切られると、やりたくなってしまうのが人の性《さが》というものでしょう。

「……って、反対して止めてくれるような人じゃないことは分かってますけど」

「まあ！　さすがリュカですわ！」

　わたくしのことをよく分かってくれているリュカに、にこにこと笑顔で返せば、いつもの諦め顔をされてしまいました。

「一応俺は止めましたからね。どうなっても知りませんよ」

「嫌ですわリュカ、わたくしが決めたことなのですから、ちゃんと自分で責任を取りますわ。たとえ失敗したとしても、それはわたくしの責任です」

「……そういう意味じゃないんですよね……。まあいつものことですけど」

そう言うとリュカは、なぜかふっと鼻で笑いました。

どうしたのでしょう、目が死んでいますわ。

「セレナ様？　どうしたんですか、名前、呼ばれていますよ」

リュカに理由を聞こうと口を開いたところで、エマ様に呼ばれてしまいました。

試験の順番ですもの、仕方ありませんわね。

「お嬢」

試験官の元へ向かおうと足を踏み出すと、リュカに呼び止められました。

「俺は、ちゃんと、止めましたからね！」

……よほど、後からわたくしに失敗したと怒られるのが怖いのでしょうか。

「大丈夫ですわ、行ってまいります！」

安心して下さいねと微笑み、今度こそ中央へ足を進めました。

「遅くなってすみません。始めます」

指定された場所に立ち、標的の魔法人形を見据えます。

失敗してもその時はその時ですわ！

わたくしは魔法陣を描くべく、右手の人差し指を顔の前に差し出しました。

リオネル殿下は、得意の火魔法から披露していましたね。

後のことを考えると、一つ目の課題であまり魔力を消費したくありませんし、ここは低級か中級程度に抑えるのが賢明《けんめい》ですね。

わたくしはあまり得意でないものから順に、つまり殿下と同じ火魔法からいきましょうか。

不得意といっても、一応中級の魔法を一通り使えるくらいには鍛練《たんれん》していますが、まずは思いつきを試すだけですし、低級魔法からにしましょう。

先ほどの〝思いつき〟。

人差し指を滑らかに動かし、まずは円を描きます。

そしていくつかの形を描き込み、〝ヒ〟という火を表す片仮名も。

そして最後、古代文字を書く時。

「殿下、英語名の呪文は、日本人は通常片仮名で書きますのよ？」

聞かせるつもりはないので小声でそう呟きながら、描いた魔法陣の仕上げに、〝ファイヤーボール〟と片仮名で術名を入れました。

「〝火球《ファイヤーボール》〟」

そうして発動した魔法は……。

「な、なんだあれは……」

「あんな馬鹿でかい〝火球〟、見たことないぞ！」

「……あら？」

普段ならばサッカーボールくらいの大きさの火の玉のはずですが、これは……。

「大玉転がしの大玉のようですわね。小学生の頃の運動会を思い出しますわ」

のほほんと頭上の火の玉……。いいえ大玉を見上げ、これを転がすのは熱くて無理そうですわねぇ、と考えます。

ざわざわと皆様が騒ぐ中、試験官もあんぐりと口を開けて呆然《ぼうぜん》とされています。

「あの……」

「はっ！　な、なんですか？」

声をかけると、我に返ったようにこちらを向きました。

「お人形に、当ててもよろしいですか？」

「え、えっと……。そうですね、できるだけそぉっとお願いできますか？」

「攻撃魔法の試験でそぉっとってなんだよ」というリュカの声が聞こえたような気がしましたが、確かに火事になっても困りますし、ここは試験官の言う通りにしましょう。

そろそろと火球を操り、魔法人形の上まで移動させます。

「えいっ！」

そしてぽいっと投げ捨てるような感じで魔法人形に当てると、火球は魔法人形を包み込み、ごうごうと激しく燃やし尽くそうとしています。

ああでも、魔法人形は丈夫ですから燃やし尽くすということはありませんね。

……と思っていたのですが、火球が消えた後に、人形はありませんでした。

「あら？」

「セ、セレナ・リュミエール！　そぉっとと言ったではありませんか！」

……最後にぽいっと投げたのが良くなかったようで、試験官に怒られてしまいましたわ。

「やっちまったな……」というリュカの声が聞こえたような気がします。

「まさか、あの魔法人形を跡形もなく焼いてしまったのか……？」

「しかも、初歩の初歩、〝火球〟なんかで……」

周りが魔法の威力に驚いている間に、試験官が新しい魔法人形を用意してくれました。

「ふぅ……。セレナ・リュミエール、まず得意な属性で衝撃を与えるという作戦は、大成功のようですよ。さあ、次をお願いします」

いえ、一番不得意なものだったのですが。

そう答えるわけにもいかなかったので、大人しく「分かりました」と頷きました。

ですが、得意なものから見せるのが定石《じょうせき》なのかもしれませんね。

ならば、次は一番得意な風魔法にしましょう。

それと、もうひとつ試してみたいことがあるので、それでやってみましょう。

使用する魔法を決め、右手の人差し指を掲げます。

なぜでしょう、ごくりと周りの皆様が息を呑んだのが分かりますわ。

そんなに注目しなくても……。

〝初めての試み・その二〟なので、失敗する可能性だって高いのです。

けれど、なんとなくですが、成功するような気がしてたまらないのですわ。

「皆様、日本語には、漢字というものもあるのですよ？」

描き終えた魔法陣の締めくくりに書いたのは、〝風の刃《ウィンドカッター》〟という文字。

ちなみにわたくし、書道三段ですの。

先ほどの片仮名はいまいちの仕上がりでしたが、今度は満足のいく字が書けましたわ！

「〝風の刃〟！」

思わず、勢いよく唱えてしまったのがいけなかったのでしょうか……。

「い、今なにか出たか……？」

「ちょ……あれ見ろ！」

なにも起こらないと思われた一拍のち、魔法人形は細切れに、その背後にあった木々が次々と倒れていきました。

「あああっ!?　も、申し訳ありません！」

目にも留まらぬ速さというのでしょうか、わたくしの唱えた〝風の刃〟は、どうやらものすごい勢いと速さで魔法人形とその延長線上の木々をぶった切ってしまったようですわ。

「し、森林破壊など……。母上様に叱られてしまいます！」

さすがのわたくしも真っ青になってしまいましたが、「お嬢、そこじゃないですよ！」とリユカが大声で突っ込んできました。

「ええと、試験官の先生方、ご心配なさらずに。切り倒してしまいました木々はわたくしが魔法でなんとかいたしますわ！」

なんの罪もない木々を切り倒してしまったのですから、きちんと元に戻さないと！

「……なんとかなるのですか？」

「え？　ええと、そうですわね……。土魔法と水魔法を使えば恐らく……」

「それならば残りの二属性の試験は木を元に戻す魔法ということにしましょう！」とひとりの試験官が焦ったように提案したことに、その場の全員が「そうしましょう！」と激しく同意していました。

あれ……。わたくしひょっとして、やらかしてしまいました？

「ひょっとしなくても、やらかしてくれましたよ」

「セレナ様には驚かされてばかりです……」

「すごいですわ！　セレナ様、とても素敵です！」

リュカとエマ様に呆れられ、ジュリア様にははしゃがれたことで、わたくしはやっと自分がなにをしたのかを猛省《もうせい》することができたのでした。

結局二つ目の課題では、魔法陣の最後を日本語で書くことを諦め、普通の古代文字で書くことにいたしました。

そうでないと皆様方の心臓が保《も》たないと、リュカや試験官の先生方に説得されたのです。

わたくしとしては日本語が使えるのか試してみたいだけでしたので、快《こころよ》く了承しました。

その時の先生方のほっとした顔……。

それほどまでに、わたくしのやったことが規格外だったのですね、と申し訳ない気持ちになりました。

ちなみに三つ目の課題、〝今行える最も強力な魔法を使ってみせる〟は、させてすらもらえませんでした。

下級魔法ですらあの威力、上級魔法なんて使われた日にはこの学園もろともチリひとつ残らず消されてしまうと先生方は思ったようです。

さすがにそこまでいたしませんし、そもそも攻撃魔法を使うつもりもなかったのに……と、やんわり抗議《こうぎ》しようとしたのですが、リュカに止められてしまいました。

「〝優・良・可・不可〟しかないはずの判定で、〝極〟をくれるって言うんですから、ここは大人しく言うことを聞いて下さい。ってか、これ以上やらかさないでくれ。マジ頼みます」

真剣すぎて血走った目が恐ろしくて、不覚にも頷いてしまいましたわ。

リュカってば、なかなかの眼力ですわね。

とにかくそういうわけで、魔法実技の試験は無事に？　終了いたしました。

他のクラスメイトの魔法もたくさん見ることができましたし、そういう意味ではとても満足しております。

魔力だけでなく、魔法陣や古代文字をいかに正確に、美しく描くかも魔法の効果に関わってくるのだとよく分かりましたしね。

ただ、ひとつ気になるのが……。

「セレナ様、こんなことを言って良いのか分かりませんが……。リオネル殿下には、お気を付け下さいね」

「？　殿下がどうかしましたの？」

エマ様によると、わたくしの試験の様子をものすごい目で見ていたらしいのです。

確かに殿下は、その、多少ユニークな平仮名を書いて、他の方より効果の高い魔法を使っていましたから、わたくしのことを目の上のたんこぶのように思われたかもしれませんわね。

わたくしとしては、殿下の魔法陣を見たからこそ思いついたものですので、感謝しているのですが……。

「なんだ、こちらを見るな」

エマ様、大当たりですわ。お礼を言おうかしらとちらりと見ただけなのに、リオネル殿下に冷たい目で睨まれてしまいました。まあ仕方ありませんわね。

わたくしは悪役令嬢。

そんなわたくしにお礼を言われても、嬉しくもなんともないでしょう。

わたくしの有能さを殿下に認めてもらおうとアピールしに行っても良いのですが、まあミアさんもいませんから、ここで悪役令嬢を演じなくてもという気もします。

口に出さないだけで、我慢しているのだと思われているのかもしれません。
どうとも思っていないのですが、一般的に考えたら傷ついていると思われますものね。
殿下に愛想をつかされたことも、殿下とミア様があのような関係になっていることも、正直
おふたりの優しさに、胸が温かくなります。
「エマ様、ジュリア様……」
ら、正直殿下とは婚約破棄した方がセレナ様にとっては幸せかもしれません……」
「そうですね！　私もあまり殿下達のことは気にかけないようにします。それにあんな様子な
って下さいね。話を聞くくらいはさせて下さい」
「セレナ様がそう言うなら、私達もなにも言いませんけど……。でも、辛いことがあったら言
悪役令嬢のわたくしと一緒にミア様をいじめていると思われたら大変ですもの。
目をつけられてしまってはいけません。
ジュリア様がわたくしの代わりに怒って下さっているのは嬉しいですが、そのせいで殿下に
嬉しいですが、気に病んではおりませんので、怒らないで下さいませ」
「まあ、ジュリア様……。殿下はミアさん一筋なのですわ。わたくしを思い遣《や》って下さるのは
ともしないなんて」
「あんなこと言わなくても……。婚約者のセレナ様が素晴らしい結果を残したのに、褒めるこ
らんぷりしておくに限りますね。
あの様子だと褒めて頂ける気はしませんし、殿下と喧嘩《けんか》したいわけでもありませんので、知

「ありがとうございます。こんなに素敵なお友達がいて、わたくしは幸せですわ」

心のままに言葉を口にすれば、おふたりも優しく微笑んで下さいました。

「それに、リオネル殿下がいなくても、レオ様がいらっしゃいますものね！」

「？　なぜそこにレオ様が出てくるのです？」

どことなく嬉しそうなジュリア様に、わたくしは首を傾げます。

「まあ……。セレナ様、鈍感《どんかん》なうえに無自覚さんでしたのね」

「悪役令嬢の話を聞いた時からそんな気はしてましたけどね。侍従の方も苦労なさっているんですね」

「分かって頂けますか、オランジュ伯爵令嬢。しかし、男女関係については慎重にお願いします、ルノワール侯爵令嬢。俺が旦那様達に殺されます」

？？？　わたくしを置いてけぼりにして、三人でため息をつかれていますが、いったいどういうことなのでしょう？　しかもその後、三人が三人ともわたくしを生暖かい目で見てくるのですから、さらに意味が分かりません。

「そうですね、セレナ様はしばらくそのままでよろしいのかもしれません」

「はい。私達が見張っておきましょう、ジュリア様」

そう言ってエマ様とジュリア様が頷き合っているのを、わたくしはただ眺めていたのでした。

第9章　護身術《ごしんじゅつ》は淑女の嗜みでございます！

昨日の魔法実技については、帰宅してからよく考えてみると、少しやりすぎた感がありましたけれど、高評価を頂けそうなので良しとすることにいたしました。

……とリュカに話すと、「もう少し反省しても良いんじゃないか」と叱られてしまいました。

あの後、試験官の先生方から学園長先生に話が行き、試験が終わったらゆっくり話を聞かせてもらいたいと申し出がありました。

婚約破棄して平民となった暁には魔術師を目指すのも良いのではと思っているので、わたくしとしても良い話なのではと期待せずにはいられません。

……魔法人形の破壊と庭園の木々を乱したことのお叱りでないと良いのですが。

その可能性、なきにしもあらずです。

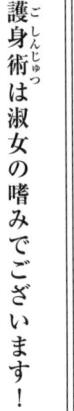

もしそうだとしても、一応木は魔法で元通りにできましたので、注意くらいで済むでしょうか。

さすがに学園で問題を起こし、学園長先生自らのお叱りを受けるなど、母上様だけでなくこちらのお父様・お母様にも申し訳が立ちませんもの。

……まあ、それは後ほどゆっくり反省するとして、今は今日の試験に集中しましょう！

わたくしは、半《なか》ば無理矢理昨日の失態《しったい》から目を逸らしたのでした。


「はぁ……。ついにこの日が来てしまいました……」

「私は楽しみです！　学園でも武術を習えるようになるなんて！」

今回の試験から導入された、護身術の試験。今日がその日となります。

今日の装いはもちろんドレスなどではなく、なんと学園が用意してくれた簡易騎士服に身を包んでいます。

前世で言う、体操服みたいなものになるのでしょうか？

かわいらしいジュリア様も、凛々《りり》しいエマ様もとてもお似合いですわね！

ちなみに今回の試験は、二クラスごととなっており、なんとミアさんのクラスと合同です。

「武術なんて初めてで……。不安です……」

「大丈夫だよ。今回はただ適性を見るだけだっていう話だから」

ということで、怖がるミアさんの不安を取り除こうと優しく声をかけるリオネル殿下の姿がありました。

殿下のおっしゃる通り、護身術の試験といっても今回は剣術《けんじゅつ》・槍術《そうじゅつ》・弓術《きゅうじゅつ》・体術《たいじゅつ》など、それぞれに合った武術を探るだけのようですから、そこまで緊張なさらなくても良いかと思うのですが……。

まあエマ様のように、ご実家が騎士を多く輩出《はいしゅつ》しているご令嬢は、幼い頃から嗜んでいらっしゃる方が多いですから、楽しむ余裕もありますわよね。

「そういえばセレナ様も楽しみだっておっしゃってましたよね。でも、武術なんて初めてでしょう？」

寄り添うおふたりを一瞥《いちべつ》した後、ジュリア様がわたくしの意識をおふたりから逸らそうと思ったのでしょうか、視界を遮って尋ねてきました。

「いえ、実は少々心得《こころえ》が――――」

わたくしがそう言いかけた時、ざわりと周囲から驚きの声が上がり、反射的に振り向くと、そこには。

「……お兄様方？」

「っ⁉　ライアン様⁉」

リュミエール公爵家の兄弟、ランスロットお兄様とエリオットお兄様、そしてエマ様の婚約者であるライアン・フーリエ様が試験官と共にいらしたのです。

エマ様の驚いた様子を見るに、フーリエ様がいらっしゃることはご存じではなかったようですわね。

「静かに！　今回の試験には、特別講師として王宮から騎士団員を派遣して頂いた」

なるほど、今の学園には武術を教えたり、その適性を見分けたりする教師がいない。

そのため騎士団員の要請《ようせい》を行ったのですね。

ですが、だからといってなぜうちのお兄様……？

そして、ランスロットお兄様は騎士団の所属ではなかったはずなのですが……？

「それはもちろん、公爵家の権力で、ね。面白そうだったから僕も捻じ込んで参加できるようにしてもらったんだ。ああ、ちなみに僕も槍術はなかなかのものだから、心配しないで」

ランスロットお兄様は、わたくしの心の声が聞こえるのでしょうか？

まさに今不思議に思っていたことをお答えになりました。

試験官の説明によると、どうやらエリオットお兄様が剣術、フーリエ様が弓術、ランスロットお兄様が槍術をそれぞれ担当し、体術は学園の先生が見て下さるようです。

男性陣は得意な武器のグループへと向かい、女性陣はそれをまず見学、のちグループに分かれてぐるりと回る予定だそうです。

「ライアン様が来るなんて、聞いてなかったわ……。知っていたら、もう少し準備してきたのに！　しかも、こんな服装の時だなんて……」

突然の婚約者の登場に、エマ様が急にそわそわし始めました。

普段快活なエマ様も、愛しの婚約者の前ではかわいらしい姿になってしまうのですね。

これぞ恋する乙女、素敵ですわ……！

「大丈夫ですわ、エマ様。きっとフーリエ様も普段の自然体のエマ様が見たくて秘密にしていたのでしょう。いつものエマ様のままで素敵ですから、自信を持って下さいませ。騎士服でも、エマ様の凛々しさとかわいらしさが十分伝わるとわたくしは思いますわ」

「セ、セレナ様……!!」

思ったことを口に出しただけなのですが、なぜでしょう、エマ様の顔がほんのり赤らんでいますわ。

そして周りにいるご令嬢方も。

わたくし、ひょっとして恥ずかしいことを口にしてしまったのでしょうか!?

「すみません、変なことを言ってしまいましたか？　わたくしの悪い癖ですわね、思ったことをすぐ口にしてしまうのは」

「セ、セセセセレナ様！　もう！　もう分かりましたから！　そのへんで!!」

なぜかエマ様の顔がさらに赤くなってしまいましたわ。

「あー、うん、お嬢。そのへんで止めておきましょう。ご令嬢方が真っ赤っかなのに対して、ご令息方が真っ青になってます」

「リュカ？　まあ、なにを言って……」

そんなわけがないでしょうと周囲を見ると、確かにご令嬢方は真っ赤になってわたくしを凝視《ぎょうし》しています。

対して殿下をはじめとする令息方は、信じられないとでも言いたそうな顔をしています。

……フーリエ様からは、なぜか好敵手《こうてきしゅ》でも見つけたかのような顔をされました。

「うーん。セレナ、今日は別に、そういうのは必要ないんだよ？」

「騎士服姿なのがまた令嬢方のツボにはまったようだな。まあ男を誑かすよりよほどマシだ」

困ったように笑うランスロットお兄様と、うんうんと頷くエリオットお兄様の言っている意味もよく分かりません。

「あの……。そろそろ始めても良いですかな？」

恐る恐る声を上げた試験官の声に、わたくし達は試験中だということをやっと思い出したのでした。

「へえ……。王子殿下なんて守られてばかりで大したことないだろうなって思ってたんですけど、なかなかですね」

「エ、エマ様！　誰かに聞かれていたら不敬罪《ふけい》になるかもしれませんよ！」

「大丈夫ですわジュリア様。魔法でわたくし達の声が届かないようにいたしましたから」

せっかくだからと、わたくし達三人は少し離れたところで、リオネル殿下の剣術の試験を見学することにしました。

リオネル殿下とエリオットお兄様が、訓練用の剣で打ち合っております。

お兄様は余裕綽々《しゃくしゃく》、殿下はかなり苦戦しながらも、なんとか剣を落とさずに踏ん張っています。

それにしても、わたくしもリオネル殿下がこれだけ剣が振れるとは知りませんでしたわ。

ほら、ミアさんもすっかり目がハートになっております。

ただ、相手が悪いのですよね……。

「まだまだですね。勢いはあるけど隙が多い。もっと相手のことを観察して頭を使って動かないと、やられてしまいますよ」

意外にも頭脳派なようですね、エリオットお兄様。

言葉こそ丁寧ですが、殿下にだけ若干厳しく見えるのは、私情《しじょう》が入っているからですか？

「うーん、ちょっと槍使いが荒いかなぁ。騎士でもない僕にでも、すぐに破られてしまうよ。……ほら」

向こうではランスロットお兄様が、殿下の取りま……いえ、側近相手に爽やかな笑顔でとどめを刺しています。

……お兄様方、なにしにいらっしゃったのでしょう……。

「リオネル様！　大丈夫ですか？　どうぞ、タオルです」

「ああミア、なんてことないよ。私もまだまだだってことだね。でも、君を守れるようにこれからもっと精進《しょうじん》しないといけないな」

「リオネル様……！」

殿下とミアさんが桃色空間を作っていますわ！

くっ……。なんですのあれは！

まさに少女漫画の世界とでも表現すべきでしょうか⁉

優しいヒロインと、謙虚《けんきょ》かつヒロインを守ろうとする頼もしさのあるヒーロー。

誰にも入り込めない雰囲気とは、あのことですわね……。

「リオネル様の愛剣が使えたなら、もしかしたら勝てたかもしれませんね！　試験用の剣なんて、使い慣れてないでしょう？」

「まあ、確かにちょっと扱いにくかったかな。でも、さすがに騎士が王子に負けるのは体裁《ていさい》が悪いからね」

ミアさん、なんてお優しい……！

そうですわね、エマ様もおっしゃっていましたが、殿下の剣術の腕前はなかなかのもの、ひょっとしたらありうるかもしれませんね。

殿下も騎士であるエリオットお兄様に配慮していたなんて、驚きです。

「なんですかあのイタい空間。周りもドン引きですよ。しかもセレナ様のお兄様に勝てると本気で思ってるんですかね？　はっきり言って、レベルが違いますよ」

「本当です！　試験用の慣れない剣を使っているのはセレナ様のお兄様も同じなのに、言い訳なんて見苦しいですよ！　それに皆の前であのようにベタベタと……。はしたないです！」

「試験中だってこと、忘れてるんじゃないですか？　あーそんで坊っちゃん方の顔が超恐くなってんですけど、どうしてくれんだあのバカップル」

わたくしがほおっと見惚れていると、エマ様、ジュリア様、リュカが恐い顔で殿下とミアさんについて語っています。

リュカ、いつの間にかおふたりと仲良くなったのですね？

ですがまあ、お友達と侍従の仲が良いのは好ましいことですわね。

「……まあ、セレナ様にとっては大した話じゃなさそうですけどね」

ほわほわと三人を眺めていると、エマ様がふうっとため息をつかれました。

「そんなことありませんわよ？　おふたりの幸せそうなシーンが見られて、とても喜んでおりますわ！　ほら、エマ様も婚約者様の凛々しいお姿を十分に堪能《たんのう》なさると良いですわ！」

少し離れたところで指導するフーリエ様の方へと目配せすれば、エマ様の顔が真っ赤になりました。

「剣や槍とは違って組み合ったりはしませんが、弓の引き方など、とても美しい動作で惚れ惚れいたしますわね」

「セ、セレナ様！　ライアン様は確かに格好良いですが、見惚れては嫌ですよ！」

まあ、わたくし弓の腕前について褒めただけですのに。

ふふ、エマ様もこんなかわいらしい嫉妬をするんですのね。

「ご心配なさらず。さあ、そろそろ男性陣が終わって、わたくし達の番ですわね」

それから女性陣のみ集められ、剣・槍・弓の三つのグループに分かれました。

さすがに男性の先生と組み合うことはよろしくないからと、体術は今回行わないそうです。

そしてそのグループでぐるぐる回り、三種類とも経験してみて、ひとりひとりに合ったものを見つける、ということになります。

エマ様は剣術から、ジュリア様は弓術から、そしてわたくしは槍術からとなりました。

ちなみにミアさんもわたくしと同じグループです。

近くで見ると、騎士服姿も大変かわいらしいですわね。

「……なんですか？　あたしになにか用でも？」

じろじろと見られたのがご不快だったのでしょう、ミアさんが警戒心剝《む》き出しでこちらを睨んできました。

はっ！　ここは悪役令嬢としてヒロインを牽制《けんせい》する場面ではありませんこと⁉

「申し訳ありません、あまりに愛らしくてつい。先日のダンスの試験でのドレス姿も素敵でしたが、そのような衣装もお似合いですわ。かわいらしい女性騎士さん、お怪我なさいませんように気を付けて下さいませね」

上品に、なおかつ貴族らしく含みのある嫌味を。

とっさにそう考えたわたくしの言葉に含ませた意味は、『あなたにはそんな格好がお似合いよ！　かわいい顔に怪我する前に身の程を知りなさい！』ですわ！

即席《そくせき》にしてはなかなか上手く言えた気がします！

ほら、ミアさんが怒りで顔を真っ赤に……。

「な、なに言ってんですか⁉　あ、あたしに媚《こび》売ったって、な、なにも出ないんですからね！」

……あら？　なんでしょう、ちょっと反応が違う気が……。

そして他のご令嬢方もどうしてそんなにわたくしを凝視して……。

「……セレナ？　その格好でところ構わずご令嬢方を誑かすのは止めようか？」

首を傾げるわたくしの肩をランスロットお兄様ががしっと掴んで耳元でそう呟くと、周りから「きゃあああっ！」と黄色い悲鳴が響いたのでした。

「……お嬢、それ、ただの口説き文句にしか聞こえませんよ。あと、最近巷では美麗《びれい》の公爵と男装騎士の恋愛小説が流行っているそうですよ」

リュカのそんな苦言《くげん》が聞き取れないほどに、周りのご令嬢方の絶叫《ぜっきょう》は大音量だったのです。

それからしばらく、興奮したご令嬢達が落ち着くのを待っていたため、槍術のグループだけ開始が遅れてしまいました。

そして情けないことですが、先生方に注意を受けてしまいましたわ。

お兄様方がいたからか、ものすごくやんわりとでしたが。

最近のわたくしときたら、完璧な悪役令嬢を目指しているはずなのに、失敗してばかりです。

このままではいけません、今日も浮かれていないで気を引き締めなければ！

ぴしっと緩んだ頬を叩き、表情も引き締めます。

すると、落ち着いたはずのご令嬢方からの視線をものすごく感じました。

「？　皆様、どうかいたしまして？」

「いっ、いえ！　凛々しい表情も素敵……。じゃなくて！　なんでもありません！」

そうはおっしゃいますが、皆様やはり顔が少し赤らんでいます。

ああ、初めての武術に緊張されているのかもしれませんね。

男性陣の試験を見て、不安になった方もいるでしょうし。

「そうですか？　皆様緊張されているようですが、あまり力を入れると怪我をしてしまいますわ。今日はお試しなのですから、肩の力を抜いて下さいね。大丈夫ですわ、お兄様方は優しく教えて下さるはずですから」

「「「は、はいぃぃ！　お姉様!!」」」

……わたくし、同い年なのですが。

「あっ、お嬢！　ちょっと目を離した隙にまた！」

そしてリュカにまで注意されました。

解せぬ、とはこういうことですか？

そうこうしているうちにわたくしの名前が呼ばれ、ランスロットお兄様の元へと進みます。

「やあセレナ。この試験で、ずいぶん学園を賑《にぎ》わせているみたいだね？」

「ふ、不可抗力《ふかこうりょく》ですわ。決してわざとではありませんのよ！」

「ふふ、まあそれは今度ゆっくり聞かせてもらうよ。さあ、槍だけどどれを選ぶ？」

お兄様の視線の先には、槍……といっても、持ち手から刀身《とうしん》まで全て木製の棒が並んでいました。槍の穂《ほ》の部分の形が違うものが何種類かあり、この中から好きなものを選ぶようです。

「さすがに初心者のご令嬢に本物はね。重いし、基本的には木製のものを使うんだ」

そうですわね。箸《はし》より……いえナイフとフォークより重いものを持ったことのないご令嬢もいるでしょう。

それに、わたくしも……。

「わたくし、これにいたしますわ」

そうして手にしたのは、反《そ》りのある刀身の槍。

持ち上げてみると、しっくりと手に馴染み、懐かしい感触がしました。

全て木製ということで、重さも同じくらいですしね。

「ふうん。まさか、それを選ぶなんてね。かなり珍しい型の槍なんだけど、知っているのかい？」

わたくしの転生を知っているランスロットお兄様が、面白そうに微笑みました。

「うふふ。それは、今から分かりましてよ」

さすがにお兄様に勝てるとは思っていませんが、一太刀《ひとたち》だけでもと思っています。

戦っても強い悪役令嬢、これも素敵ですしね。

そうしてわたくしは、その木製の槍を構えます。

五種類あるうちの最も基本的な構え、中段《ちゅうだん》の構え。

「へえ……。どうやら、初めてではないみたいだね」

「ご想像にお任せいたしますわ」

探《さぐ》るようなお兄様の表情は、しかしその軽口に似つかわしくないものです。

かなり警戒していますわね。

お兄様がこの戦い方をご存じかは分かりませんが、これは試験、胸をお借りしますわ！

ぎゅっと槍を握り込み、上下左右、斜めにと振ります。

「！　くっ……。独特の動きだね……！」

どうやらランスロットお兄様は、この槍の遣い手と手合わせをした経験はないようです。

普通槍とは、突き刺すことや叩きつけることを主とした戦い方をします。

けれど、わたくしの攻撃方法は〝薙《な》ぎ払い〟。

この反った刀身を活かした動きです。

意表《いひょう》をついたはずなのに、お兄様はわたくしの攻撃を次々と打ち返していきます。

この試験において、試験官は動きを見るだけなので、攻撃はしないことになっています。

ですから防ぐことに集中しているからといえばそうなのですが、こうまで綺麗に打ち返されると腹が立ちますわね。

「素晴らしいね、セレナ。まるで舞っているかのようだ」

「余裕ですのね、お兄様……！　では、時間もありますので最後とさせて頂きますわ！」

打ち合いからうしろへ下がり、間合いを取ると、ふうっとひとつ息をついて槍を持ち上げ、上段《じょうだん》の構えをとります。

「……これはまた、独特の構えだね。最後だと言っていたし、攻撃的な意味合いが強いのかな？」

「ご明察《めいさつ》ですわ。……参ります！」

ぐっと膝に力を入れ、お兄様の槍がわずかに下がったのを見て、思い切り打ち込みます。

その後も先ほどのように上下左右に振りつつ、狙《ねら》いをよく定め、隙を待ちました。

……といっても、お兄様にそんな隙などほとんどなく、見極めが難しいです。

ですが、一瞬。

お兄様の右足の重心がずれた、その瞬間を狙って右脛《すね》に渾身《こんしん》の一撃を打ちました。

取った！　そう思った時。

「残念。あと一歩だったね」

お兄様の槍で、わたくしのそれが弾かれてしまいました。

油断したのはわたくし。弾かれた槍はカラカラと音を立てて転がっていきました。

「足元を狙うのは良かったね。視線を誘導して悟《さと》られないようにしたのも素晴らしい。まあ僕も、いくらかわいい妹だからといって、これだけの大衆《たいしゅう》の前で負けるわけにはいかないからね。ごめんね、ちょっと本気出しちゃった」

体勢を崩して尻餅をついたわたくしに、お兄様が手を差し伸べてくれました。

どうやらわたくしの狙いは読まれてしまっていたようですね。

「悔しいですわ。でも、楽しかったです」

「ふふ。僕もだよ」

お兄様の手を借りて立ち上がると、周りで見守っていた方々が拍手を下さいました。

なんだか気恥ずかしく思いながらもぺこりと頭を下げると、泣きながら「素敵ですぅ〜！」

と手を叩くご令嬢もいました。

どうやらランスロットお兄様の槍捌《さば》きに見惚れてしまった方のようですね。

顔も良くてこれだけ強かったら、そりゃあ惚れてしまうのも仕方のないことですわ。

「ところでセレナ、あの槍、ひょっとしなくても前世で嗜んでいたんだろう？」

温かい拍手の中、お兄様がこっそりと耳打ちしてきました。

「ええ。日本では、〝薙刀《なぎなた》〟と呼ばれていましたの。母上様と一緒に、ずっと習っていたんです」

懐かしい記憶に、想いを馳《は》せました。

◆◆◆

「おや、そんな真剣な顔をして、なにを見ているんだ？」

「フェリクスか。ほら、あれだ」

セレナ達第三学年が武術の試験を行っていた広場の、すぐ隣の校舎の三階から試験の様子を見つめていたのは、レオだった。

(試験開始から眺めていたが、リュミエール公爵家の兄弟は恐ろしく強い。騎士である次男はまだ分かる。だが、嫡男のあの強さはどういうことだ)

リオネルの剣の腕前をエマはなかなかだと評したが、レオから見ればまだまだだ。

第二王子のくせにと、その不甲斐ない戦いに、レオはため息をつきたくなった。

しかし槍のグループにいたその側近は、護衛も兼ねているだけあってかなりの遣い手だった。

それをやすやすと捻じ伏せてしまうほどの強者《つわもの》であり、いずれ公爵となる男、ランスロット・リュミエール。

「へえ。顔も良くて、強くて有能だなんて。ぜひ我が国に欲しいものだね」

冗談交じりのフェリクスの言葉に、じろりとレオが睨む。

それをはっと笑い飛ばし、フェリクスは窓の外、ランスロットの次の相手を見つめる。

「次はセレナ嬢か。なかなか様になって……。いや、リュミエール公爵家とは騎士を多く輩出する家系だったかな？」

そして、珍しく素直に驚きを面《おもて》に出した。

それもそのはずだ。明らかにセレナの動きは素人のそれではない。

しかも見慣れない形状の槍を、まるで幼い頃から親しんできたかのように扱っている。

また、その戦う姿がまるで踊っているかのように美しい。

驚きとともに見惚れている友人のその表情に、レオはにやりと笑んだ。

「婚約者が泣いてしまうぞ？」

「馬鹿を言うな。……しかし、本当に興味深い令嬢だな」

茶化《ちゃか》すかのようなレオの言葉を即座に否定しながらも、フェリクスはセレナに関しての興味を隠さなかった。

「カフェテリアで話を聞いた時は半信半疑だったのだが。あんなものを見せられては、興味を持つなと言う方が無理な話だな」

筆記試験が終わった日のカフェテリアで、セレナは武術の試験が楽しみだと口にした。

武器を持つことを好む貴族令嬢など、エマのような騎士家系を除いてそうそういない。

たとえ本当に興味があるとしても、それを扱うこととは別物だと思っていたのだが――。

「リュミエールの長兄の反応を見るに、妹があれだけの遣い手だと知っていたとは思えんな」

「家族なのに？　隠れて練習していたということかい？　あの様子を見ると彼女のことをかわいがっているようだし、そんな妹が武術を嗜んでいるのを知らないなんてこと、あるかな」

フェリクスの反応はもっともだ。

もしセレナが隠れて学ぼうとしたとして、いったい誰に？　という話になる。公爵家の嫡男の知らないところでその家の令嬢に武術を教える教師など、はっきり言っていない。

かと言って、独学《どくがく》ということはないはずだ。

彼女は、相手がいる戦いに慣れている様子だった。

「不思議だな。だからこそ、目が離せない。そうだろう？」

含みを持たせたフェリクスの言葉に、レオはため息をつきながらも同意する。

「……婚約者に不当《ふとう》に蔑ろ《ないがし》にされても俯かない心の強さを持っていて、公爵令嬢としての教養・立ち居振る舞いも申し分ない。そのうえ武術や魔法にも精通《せいつう》している。……昨日の試験でも色々あったらしいね」

ふたりは、ある伝手《つて》から昨日の魔法実技試験でのセレナが起こした騒動を聞いていた。

「……なにが言いたい」

「さあ？　ただ事実を述べただけだよ？」

にやにやとしたフェリクスの真意が分かっているレオは、眉根《まゆね》を寄せた。

「君が学園《ここ》に来た目的のひとつだろう？」

「彼女は対象外だ」

きっぱりと言い切り、レオは窓の外から視線を外した。

「それよりも、あの男爵令嬢だ。あのまま放っておくわけにはいかない」

「まあ、そうだね。友好国としてもちょっと見過ごせないな。それと、ジュリアが悲しむようなことにはならないようにしたいし」

厳しい目つきのレオに、フェリクスもそう同意する。

「まずはそちらが優先だ」

そう言ってちらりともう一度だけ窓の外を見ると、レオはその場から去って行った。

その一瞬の表情を見逃さなかったフェリクスは、やれやれと息をついた。

「そうは言うけれど、気になって仕方がないように見えるよ？　もう手遅れではないかな」

その背中にくすっと笑みを零し、フェリクスはゆっくりとレオの後を追ったのだった――。

◆◆◆

校舎から誰かに見られているような気がして見上げたのですが、誰もいませんでした。

気のせいだったようですね。

久しぶりに薙刀を持って、神経が過敏になっているのかもしれません。

薙刀……本当に懐かしいです。父上様を早くに亡くしたためか、母上様はわたくしに自分の身は自分で守れるようにと、薙刀を習わせてくれたのでした。日本古来の武術は、精神を鍛える意味合いも強いですから、心身ともに強くなってほしいと思ったのでしょうね。

そういえば、前世では母上様に一度も勝てたことがありませんでした。

もうそれが叶う日が来ることはありませんけれど……。

「ランスロットお兄様、屋敷でもまた手合わせ願えますか？」

「おやおや。かわいい妹の頼みを断ることなんてできないからね。喜んでお相手しよう」

わたくしのお願いに、ランスロットお兄様は快く頷いてくれました。

母上様には勝てませんでしたが、今世ではいつか、お兄様から一本取ってみたいものですわ。

「ありがとうございます、お兄様」

またひとつ新しい世界での目標ができて、わたくしは心からの笑みを浮かべたのでした。

閑話＊応援団＊

最後の実技試験が終わった日、学園のある一室には、第三学年を中心とした十数名の令嬢達が集まっていた。

その多くはセレナと同じAクラスに所属する令嬢。珍しいのは、上は侯爵家から下は男爵家まで、幅広い身分の者が揃っているということだ。

「皆様、揃いまして？」

その中で最も高い身分のヴィクトリア・ベランジェ侯爵令嬢がそう声をかけると、その場の令嬢達が確かめ合うように頷いた。

そして扉がしっかりと閉まっていることを確認すると、すうっと大きく息を吸い込み、思い切り声を上げた。

「それではこれより、リュミエール公爵令嬢、セレナ様の魅力について皆でとことんお話し合いをいたしましょう!!」

「「「待っておりましたわ!!」」」

嵐のような拍手が鳴り響くとともに、令嬢達の黄色い声が上がった。

セレナが怜奈としての記憶を取り戻して以来、少しずつ周囲の令嬢達のセレナを見る目が変わった。

どう変わったかといえば、まさに一匹狼《いっぴきおおかみ》の悪女というセレナにびくびくしながら遠巻きに見ていたのが、外見・言動の変化に戸惑い、その後、美しさに時折見惚れ、そして今や完璧な淑女だと羨望の眼差しで見つめ、凛々しい立ち居振る舞いに頬を染めるようになったのだ。

婚約者である第二王子と男爵令嬢の醜聞《しゅうぶん》も、セレナの好感を上げることになった。

婚約者からの不当な扱いに怒ることも悲しみに暮れることもなく、毅然《きぜん》とした態度を取っている。

そして、第二王子の婚約者という肩書がなくても、自分ひとりできちんと立てるのだと身をもって証明している。

また、エマやジュリアという公平な友人を持ち、友好国のフェリクスやレオからも好感を持たれ、令嬢達の憧れの的であるリュミエール兄弟からも愛されている。

それだけでなく、勇気を出して声をかけてみれば、公爵令嬢という高位貴族でありながらとても気さくで気遣いに溢れていた。

そのうえ、あの容姿だ。

美人で高身長という抜群のスタイル。さらに、今回の武術試験での騎士服が、令嬢達を焚《た》き付けた。

巷で流行っている小説に出てくる〝男装騎士〟と重ねて見てしまう令嬢は、ひとりやふたりではなかった。

「本っ当に、控えめに言って最高でしたわ！」

「ランスロット様との絡《から》みがまた……！」

「あら、オランジュ伯爵令嬢とのやり取りも素敵でしたわ！」

もしもこの世界にカメラやスマートフォンなどがあれば、間違いなく写真撮影会が始まっていた。

それほどまでに騎士服姿のセレナは、令嬢達のツボにはまっていたのだ。

「私達のことも気遣って下さいましたよね……」

「しかも、ライバルであるブランシャール男爵令嬢にまで、あのようなお優しい言葉をかけて……。全く、世の男性方はセレナ様を見習ってほしいですわ！」

そしてその言葉の数々もまた、理想の男性に言われたい台詞と見事に一致していた。

ちなみに間近でそれを聞いていた男性陣は、『そんなこっ恥《ぱ》ずかしい台詞、イケメンしか言えねぇよ！　それも、そんじょそこらのイケメンでは無理！』と思っていた。

とにかく、この数か月でセレナは多くの令嬢達の心を掴んでいたのだ。

ちなみに前世で怜奈はそのような扱いをされたことがない。

なぜかといえば、それは大いに容姿の違いだろう。

その言動にはほぼ違いがないのだから。

前世の怜奈は、小柄で華奢、色素の薄い髪にくりくりとした大きな目の、とても愛らしい顔立ちだった。

見た目からもほわほわとした雰囲気を醸し出しており、いわば妹系美少女だったのだ。

そんな彼女が時折男前な台詞を言っても、〝天使！〟〝妹にしたい！〟〝守ってあげたい！〟という反応がほとんどだった。

舞う姿は巫女姫《みこひめ》のようだと褒めそやされ、薙刀で戦いを行っても〝カワイイのに強い！〟という感想ばかり。

それがあら不思議、能力・言動はそのままに、容姿を今世のセレナとすっかり入れ替えれば、〝素敵なお姉様〟になるのだ。

「見た目だけじゃないっていうのが素敵ですよね。ここだけの話、第二王子殿下には幻滅《げんめつ》してしまいました」

「私も以前は素敵な王子様！　って思っていたんですけど……。最近、考えが変わりました。セレナ様がもし、王子様だったら……」

そこで令嬢達の頭に浮かんだのは、王子服姿のセレナ。

『わたくしとダンスを踊って頂けませんか？』

「「「きゃあああっ!!」」」

「妄想だけで萌える」後日、ある令嬢がそう言った。

そんな盛り上がりの中、ひとりの令嬢がぽつりと零す。

「ですが私、セレナ様には女性としても幸せになって頂きたいですわ……。大切にされない結婚だなんて、可哀想です」

「確かにあの様子では、第二王子殿下と一緒になっても、幸せにはなれませんよね……」

部屋の温度が急降下する。

セレナの今後を想って、善良《ぜんりょう》な令嬢達は憂《うれ》いの表情を浮かべた。

「……わたくし、セレナ様にはアングラード様がお似合いだと思いますわ」

「確かに……。私、ダンスの試験で同じグループだったのですが、おふたりのダンスは、言葉では言い表せないくらいとてもロマンチックな光景でしたわ……」

その現場に居合わせた令嬢達は、頬に手を当ててほうっとため息をついた。

「わたくしも見たかったですわ！　なぜわたくしは同じグループではなかったのでしょう!?」

「お話を聞いただけで失神《しっしん》しそうでしたのに、直接見たらどうなっていたことか……！　いえ、それでも見たかったですわ！」

そう、リオネルとミアの寸劇《すんげき》→颯爽とレオ登場→夢のようなダンスシーンというあの日の出来事は、学園中に広まっていた。

それとともに、リオネルとミアへの批判も高まっていた。

「皆様、ここはひとつ、わたくし達が動くしかありませんわ」

それを黙って聞いていたヴィクトリアは、決意を込めた目をして、令嬢達にそう提案した。

そしてその言葉に、その場にいた全員の心がひとつになった。

「皆で力を合わせて、陰ながらセレナ様を応援しましょう。……しかし、強要はいたしません」

ごくり、とどこかで息を呑む音がした。

「名付けて〝セレナお姉様応援団《ファンクラブ》〟。加盟なさりたい方は、挙手をお願いいたしますわ！」

「はい！」

「はい！」

「はいぃぃい‼」

即座に全員の手が挙がったことに、ヴィクトリアは満足気に頷いた。

「今この時をもって、わたくし達は同志です。他にも見どころのある方がいらっしゃったら、わたくしのところに連れておいでなさい！」

「分かりましたわ！」

「これからよろしくお願いいたします、ヴィクトリア様！」

かくして、陰ながらセレナを支える令嬢集団、〝セレナお姉様応援団〟が結成されたのだった――。

第10章 差し入れお菓子は、ヒロインの専売特許《せんばいとっきょ》ですのよ？

試験が全日程終わり、穏やかな日常が戻ってく……るかと思っていたのですが、そんなことはありませんでした。

まずは学園長先生からのお呼び出し。

お叱りか魔術師《就職》への第一歩か!?　と、どきどきしながら出向いたお話は、どちらかといえば後者よりのものでした。

定期的に学園の魔法担当の先生の研究を、お手伝いしてほしいとのことでした。

魔法に興味津々のわたくしは、二つ返事で了承。

先生からも、最近熱心だから期待していたんだとの嬉しいお言葉を頂きました。

保護者呼び出しとならずに済んで、ほっと胸を撫で下ろしました。

というわけでここ最近、週に二、三日の頻度で放課後に先生の研究室にお邪魔しています。

そして先日の武術の試験の後、朝に薙刀の特訓を始めました。

できるだけ寝ていたい派のわたくしですが、多忙《たぼう》なランスロットお兄様が朝なら空いているからと時々お相手をして下さるので、早起きを頑張っているのです。

ちなみにあの試験の後、エリオットお兄様はかなり不機嫌でした。

「なんで剣じゃないんだ！　俺が、俺が教えたかったっ……！」

剣道と薙刀、構えは似ていますが結構違うものなんですよね……。

またこの世界は西洋風ですから、剣道ともずいぶん違いますし。

弓術に関しましても、精神統一のために弓道を少しかじったことがありましたが、西洋の弓とはかなり勝手が違いましたので撃沈《げきちん》でしたわ。

「うーん、なんとなく持ち方は知っているみたいですし、筋は悪くないと思うのですが……。あれだけ扱いに優れているなら、槍で決定とすれば良いでしょうね」

エマ様の婚約者のフーリエ様にもそう言われてしまいました。

というわけで、わたくしは護身術で槍術を選択することになったのです。

「エリオットお兄様。わたくし体術も習ってみたいと思ってましたの。いずれお兄様に教えて頂きたいですわ」

エリオットお兄様にはそうフォローしておきました。

体の大きいエリオットお兄様が、まるでしゅんとした大型犬のようでかわいいと思ってしまったことは秘密ですわ。

そしてそんなエリオットお兄様を、ランスロットお兄様が勝ち誇ったようでいて、また憐れむような目で見ていたと、後からリュカに聞きました。

……かわいがって頂いているのは大変嬉しいのですが、少々行きすぎてはいないかと思っているところです。

とまあ、忙しくはなりましたが充実していることは確かで、しかも試験から向こう、何人かのご令嬢が話しかけてくれるようにもなりました。

緊張したような表情やたどたどしい話し方など、まだ少し怖がっているような様子はありますが、歩み寄ろうとして下さっているのだと思えば、胸が温かくなります。

貴族令嬢といえば、気難しい方もいらっしゃるのではと思っていましたが、わたくしの偏見だったようですわね。

皆様とてもかわいらしくて親切で、素敵な方ばかりです。

ただひとつ気になること、それは。

「――それで？　悪役令嬢とやらはどうなったんです？」

「ううっ……。痛いところをつかないで下さい」

そうなのです、最近朝練や勉学、魔法の研究にと忙しくてちっともリオネル殿下とミア様に接触《せっしょく》していないのですわ！

加えて一応婚約者として王子妃教育も王宮に習いに行っておりますので、おふたりに構っている暇がないのです。

「これではわたくし、立派な悪役令嬢になれないのではと心配しているのです……」

「立派な王子妃には近付いていますけどね」

「もうリュカ！　意地悪ですわ！」

「文武両道、品行方正《ひんこうほうせい》。魔法にも明るい。リオネル殿下には勿体ないのでは？　って意見まで出てますよ。もう観念《かんねん》して悪役令嬢なんて止めた方が良いんじゃないですか？　正直、お嬢には向いてないですよ」

向いていない、その言葉がグサリとわたくしの胸に刺さりました。

「で、ですがわたくしでは殿下を幸せにはできません！　リオネル殿下《ヒーロー》と結ばれるのは、ミア《ヒロイン》さんと決まっているのです！」

涙目でそう主張したのですが、リュカには鼻で笑われてしまいました。

うう……。ひどいですわ！

「……まあ、あの殿下がお嬢を幸せにできるとは思っていませんがね。向こうが勝手に自滅してくれればそれで良いんですけど」

「？　リュカ、ちょっと声が小さすぎてよく聞こえませんでした。今なんと？」

「はい？　なーんにも言ってませんよ」

なにか呟いていたと思ったのですが……。気のせいだったようです。

と、とにかくこのままではいけません。

忙しいことを理由に悪役令嬢《本業》を疎かにするのはいけないことですわ！

「いつからあんたの本業が悪役令嬢になったんですか」

「それはともかく、次の一手を考えませんと……」

リュカの声を綺麗に無視したその時、お茶菓子のクッキーが目に入りました。

そこで、ピンと来たのです！

「これですわ！」

クッキーをつまみ高らかに掲げると、リュカが訝しげな表情をしました。

「クッキー？　毒入りでも作るんですか？　あ、媚薬《びやく》入りとか？」

「な、なななにをおっしゃっているんです！　そんな物騒《ぶっそう》なこと考えておりませんわ！　もっと健全《けんぜん》なことです！」

健全ねぇ……とリュカがひょいとクッキーをつまんで口に入れます。

「ほれで？　にゃに考えへてるんです？」

「……むしゃむしゃ食べながらしゃべらないで下さいませ」

我が道を行くリュカに脱力しながらも、わたくしは思いついたことを話していきました。

「ふーん、お嬢にしてはなかなか良いこと考えたんじゃないですか？」

「……お嬢にしては、は余計じゃありませんこと？」

最近リュカのわたくしへの扱いが雑になってきている気がしますが、気を許してくれているのだと前向きに考えることにしましょう。

とにかく早速明日、作戦開始ですわ！

「名付けて〝あの子の手作りお菓子で胸キュン大作戦〟ですわ！　待っていて下さいませね、殿下、ミアさん！」

「作戦名、ダサ……」

リュカの暴言にも挫《くじ》けることなく、わたくしはいそいそと明日のシナリオを書くべく、机に向かったのでした。


翌日、わたくしはジュリア様とエマ様と一緒にお昼をご一緒していました。

この学園には、学食……というには立派すぎる、高級レストランのような食堂があり、皆様そこでお昼を召し上がります。

ミア様はというと、今日もリオネル殿下の隣に並んで昼食をとられているようですわね。

あーん、とかいって食べさせ合ったりするのでしょうか。

それとも、『どれにする？』『決められないわ』『それなら両方頼んで半分こしよう』とかいうやり取りをするのでしょうか。

どちらにせよ、素敵ですわ！

「セレナ様……。食べ終わりましたら、すぐに教室に戻りましょう？」

「それなら庭園に行きませんか？　咲き初めの薔薇《ばら》が美しいらしいですよ！」

おふたりの仲睦まじい様子に、エマ様とジュリア様が顔を顰《しか》め、それを見ないようにとわたくしに提案してくれました。

殿下方のことは気にしていないと何度も伝えておりますのに、相変わらずわたくしを気遣って下さいますのね。

そんなおふたりに感謝しつつ苦笑を漏らし、わたくしは離れた場所に座る殿下とミアさんをちらりと見ました。

ちょうど殿下が席を立ち、ミアさんと別れたところです。

「すみません、わたくし少々やることがありまして。すぐに済ませますので、少し待っていて頂けますか？」

「え？　あ、はい……」

戸惑うおふたりを残し、わたくしはミアさんおひとりが座るテーブルへと近付きました。

そんなわたくしに気付いたミアさんは、怪訝な顔をしていらっしゃいます。

「……なんですか。またあたしに変なことしようとしてるんですか？　騙されませんからね！」

また？　騙す？

身に覚えがなくて首を傾げると、ミアさんがイラッとしたのが分かりました。

いけません、ヒロインらしからぬ表情ですわ！

「わ、わたくし、殿下に、お菓子を作ろうと思いますの」

慌てたわたくしは、とりあえず当初の予定の台詞を口にしたのです。

「最近お忙しいと貴女もお聞きになったでしょう？　愛しの婚約者からの手作りの差し入れで、癒やして差し上げるのですわ。邪魔しないで下さいませね！」

悪役令嬢らしい口調で言えましたし、上等の出来ですわ！

「殿下への……お菓子の差し入れ……」

それを聞いたミアさんはそう呟くと、ぱあっと表情を明るくさせました。

「そっか！　お菓子作りイベント！」

いべんと？

「分かりました。邪魔なんてしません。ええ、あたしはあたしでやりますから！」

そしてとっても素敵な笑顔を浮かべて、それじゃ！　と足早に去って行きました。

「とりあえず作戦成功っぽいですね？」

「そうですね、多分」

よく分からない単語が出てきましたが、リュカと頷き合います。

「なんです、あれ」

「まあ、食堂を走るなんてはしたない。それでセレナ様、どういうことですか？」

ミアさんが去ったのを見計らって、待っていて下さったエマ様とジュリア様がわたくしの元へ来てくれました。

そしてエマ様がおずおずと口を開きました。

「殿下へお菓子って……。本気ですか？」

「ええ、もちろんですわ」

「セレナ様は、お菓子が作れるのですか？　あの、こう言ってはなんですが、普通の貴族令嬢はお料理などしませんので……」

「少しだけですが、作った経験があるんです。確かに普通ではないかもしれませんが、素敵だと思いませんか？　大切な人への、特別なプレゼントのようで」
ジュリア様の戸惑いももっともですが、少女漫画ではヒーローへの差し入れは定番です！

「またそれを喜んでもらえたら、とても嬉しいですし、ふたりの絆も強くなると思うのです。それに、大切な人を思って作る時間も楽しいですよ」

前世でも母上様によく作りましたわ。

忙しい人でしたから、少しでも疲れを癒やしてあげたいと思ってお菓子作りを覚えたのです。

「大切な人……」

「絆……」

あら、ふたりのこの反応は。

「もしよろしければ、一緒に作りませんか？　フェリクス殿下とフーリエ様に。できるだけ日持ちするお菓子を教えますので」

せっかくですから、ひとりでやるよりは三人の方が楽しそうですもの！　それにあのおふたりなら、エマ様とジュリア様の手作りお菓子をとても喜んでくれると思います。

「わ、私やってみたいです。フェリクス殿下もお忙しい方ですから、私にもなにかできないかと思っていたところで……」

「あ、私もやりたいです！　ライアン様に、作りたいです」

まあ、おふたりともとてもかわいらしい表情をしていますわ。

ふふ、先ほどのミアさんの素敵な笑顔といい、恋する乙女は本当に輝いていますわね。

「きっと喜んでくれますわ。こんなに健気でかわいらしい方が婚約者だなんて、きっとおふたりも自慢に思っていらっしゃいますわよ」

「ま、またセレナ様は！　すぐにそういうことを言う……」

「は、恥ずかしいですわ……」

素直な気持ちを言葉にすれば、ふたりが真っ赤になってしまい、わたくしはそれにくすくすと笑うのでした。

◆◆◆

そんなセレナ達の会話を、同じ食堂の中で静かに聞いていた一行《いっこう》がいた。

「――――皆様、聞きまして？」

「はい、この耳でしかと」

「エマ様もジュリア様も羨ましいですわ……」

うんうんと多くの令嬢が頷く。

「これは、わたくし達の出番ではなくて？」

「ヴィクトリア様、というと……？」

どういうことかと問えば、ヴィクトリアは一行に近寄るよう指示し、こそこそ話を始めた。

「それは良いお考えですわ！」

「さすがヴィクトリア様です！」

そして令嬢達は立ち上がる。

「その名も〝セレナ様の手作りお菓子を狙え☆　～真実の愛はレオ様に～〟作戦ですわ！　皆様、参りますわよ！」

リュカが聞いたなら、「ダサっ!!　本気!?」と叫ぶであろう名の作戦を胸に、それぞれの役割を果たすために動き出したのだった。

◆　◆　◆

午後の授業を終え、エマ様とジュリア様と共に食堂の厨房《ちゅうぼう》を訪れます。

「おば様方、使わせて頂いてもよろしいでしょうか？」

「あら、セレナちゃん！　待ってたわよ～。どうぞどうぞ、汚いところだけど、こんなところで良かったらいくらでも使って頂戴！」

昼食の際に、厨房の責任者の方にお願いしておいたので、すんなり通して頂けました。

ちなみに厨房の料理人（わたくしは「おば様方」と親しげに呼ばせて頂いております）とは、毎日食器を下げる際にお話しさせて頂いて仲良くなりました。

皆様とても気の良い方ばかりで、今日も昼食が終わったら調理台もガスも使わないから、いくらでもどうぞと快く場所を提供してくれました。

「セレナ様、こんなところでも人脈《じんみゃく》を広げて……」

「いつも話が弾んでるなとは思っていたけど、おばちゃん達にまで気に入られるとは、さすがお嬢だな……」

「あら、エマ様もリュカも、毎日心を込めてお食事を作って下さる方に感謝の言葉を伝えるのは、当然のことですわよ？」

「さすがセレナ様です！　私も見習わなければなりませんね！」

キラキラとした目を向けて下さるジュリア様にお礼を伝え、早速手を洗います。

「ここにある材料も好きに使って良いからね！　余ったんだけど捨てるのは勿体ないし、困ってたから大歓迎だよ」

おば様方が用意してくれた材料は、小麦粉に卵にバター……と、お菓子作りに欲しい物がなんでも揃っています。

手がたくクッキーでしょうか……と思っていたのですが、これなら大丈夫そうですね。

それと、あれは……。

この世界では初めて見た、懐かしいものも一緒に置かれていて、わたくしは嬉しくなりました。

「ありがとうござ……」

「ああっ!?　なんでここにいるんですか!?」

お礼を伝えようとしたところで、聞き覚えのある声が飛び込んできました。

「出た……」とリュカが呟いたのを聞き、扉の方を見ると、そこにはミア様の姿が。

「ここは、あたしがお菓子を作る場所なのに……。どうして悪……いえ、セレナ様が？」

どうしてと言われても。

「お嬢が殿下にお菓子を作ると言ったの、忘れたんですかね？」

リュカが顔を顰めていますが、確かにミア様もお菓子を作るなら、ここを使いたいですよね。

ミア様にお菓子を作るよう仕向けたまでは良かったのですが、場所のことまでは考えていませんでしたわ。

「なんだい、あんた。あんたなんかに貸す約束をした覚えはないよ！」

そこへ責任者のおば様がやって来て、ミア様を怪訝な目で見てそうおっしゃいました。

「た、確かにお願いはしてないですけど……。でも、あたしはここで作らないといけないんです！」

必死な様子のミアさんに、おば様はため息をつきました。

「その態度は、ちょっと横柄《おうへい》ですよね……」

エマ様の言葉に、ミアさんの顔がカッと赤くなりました。

いけません、このままでは……。

「ち、違うんです、おば様！」

とっさにそう叫んでミアさんを背に庇いました。

「この方はわたくしの……ええと、友達？　は図々《ずうずう》しいですよね……知り合い、そう！　知り合いでして。一緒にお菓子を作る約束をしていたんです！」

申し訳なく思いつつ、おば様にお願いすると、「セレナちゃんがそう言うなら仕方ないね」と折れて下さいました。

わたくしのシナリオとは違いますが、仕方がありません。

同じ場所で作っても、そう変わりはしないでしょう。

「では、ミアさん。お好きな場所をお使い下さい。わたくし達はこちらを使いますので。あ、材料も好きに使って良いみたいですよ」

幸いにして調理台はいくつもありますから、ひとつくらい他の方が使っても問題ありませんもの。ヒロインのお菓子作りの邪魔なんてしませんので、存分《ぞんぶん》にその腕を振るって頂きましょう。

「セレナ様は、優しすぎます……」

「そうですよ、あんな子に」

「そうおっしゃらないで下さい。これも、わたくしの悪役令嬢としてのシナリオなんですから」

簡単にわたくしの考えを話すと、ジュリア様とエマ様に呆れられてしまいました。

ですが、止められはしませんでしたし、協力してくれるとまで言って下さいました。

さてわたくし達はまず、計量からですね。

話を聞くと、フェリクス殿下もフーリエ様も甘いものは好きなようですから、バターとココア、二種類のさっくりクッキーにいたしましょう。
ジュリア様もエマ様もお菓子作りは初めてでしたので、わたくしが量を指示しながら手分けして材料を計っていきます。

「ええっ⁉　もう、ベチョベチョになっちゃった。なんでぇ？」

その時、ミア様の大きな声が響きました。

ミア様の方を見ると、どうやら同じようにクッキーを作ろうとしているようです。

しかし、牛乳や卵が多すぎたのか、小麦粉が少なすぎたのか、生地がベチャベチャになって上手くまとまらないようですね。

「もう！　こんなんじゃ型抜きもできないじゃない！」

苛立《いらだ》ったように声を上げていますが、その目には涙が滲んでいます。

ミアさんの反応も良かったですし、ヒロインですから当然お菓子作りが上手だと思っていましたが、ここは異世界。

普通の貴族令嬢は料理なんてしないと、ジュリア様も言っていたのに。

勝手に決めつけて、わたくしの気遣いが足らなかったために、殿下を想って張り切るミアさんを悲しませてしまったのです。

「ミアさん」

努めて優しく、そう呼びかけます。

「泣かないで。わたくしと一緒に作りましょう？　殿下のために、心を込めたお菓子を」

わたくしの言葉に、ミアさんはぽろりと涙を零したのでした。

ほろほろと泣くミアさんの涙をハンカチで優しく拭《ぬぐ》い、気持ちを切り替えるように、ぱん、と手を叩きます。

「お菓子作りは正確に材料を計れば、大抵美味しく出来上がるものですわ。わたくしは口しか出しませんから、ミアさんおひとりで、心を込めて作って下さいませ」

こくん、と頷き、ミアさんは泣くのを止めてくれました。

「悲しい気持ちで作るよりも、大切な人を想いながら作った方が美味しくなりますよ」

「……分かりました。よろしくお願いします」

素直にそう言って頭を下げるミアさん、とても健気でかわいらしいですわ！

全く、殿下も見る目がおありですね！

うふふとミアさんに微笑みかけていると、どこからか視線を感じました。

きょろきょろしてみると、扉の隙間から、ご令嬢が覗いているのが見えました。

「なにかご用ですか？」

目が合ったので話しかけてみれば、びくりと肩を跳ねさせ三人のクラスメイトが厨房に入って来ました。

「お、お取り込み中すみません。えっと、その、ジュリア様に……」

「私ですか？」

思いもよらず名を呼ばれ、ジュリア様が驚かれています。

どうやらフェリクス殿下は、レオ様達クラスの方と訓練をしに、最近できた剣術の稽古場へ向かったそうです。

ジュリア様がお菓子を作ると聞いて、探されるのではないかと気を利かせて教えに来てくれたようですね。

「お優しいのですね。ありがとうございます」

「いっ、いえ！　私達は別に……」

お礼を口にすると、真っ赤になってご謙遜《けんそん》なさいました。

それにしても、剣の訓練ですか……。

フェリクス殿下に渡しに行くなら、皆様で召し上がれるものも用意すると良いかもしれません。

もちろんジュリア様が作るクッキーはフェリクス殿下のものですが、わたくしが作ったものなら問題ありませんわね。ジュリア様も、ご友人達がいる中、フェリクス殿下だけに渡すのは気が引けるでしょうし……。

そういえばレモンと蜂蜜があったはず。

運動された後にぴったりな、さっぱりしたものもご用意しましょうか。

頭の中で簡単に順序立てて、教えに来て下さったご令嬢方に向き直ります。

「あの、もしよろしければ一緒に作りませんか？　わたくしもフェリクス殿下以外の方用に作ろうと思いますので」

「えっ!?」

あ、そうでした。普通のご令嬢はお料理をしないのでしたわ。

「ご、ごめんなさい。無理にとは言いませんの。もし良かったらという意味で……」

「ぜひ！」

「こちらがお願いしたいくらいです！」

「よろしくお願いしますわ！」

断られるかと思ったら、意外にもお三方とも興味津々のようです。

「リュカ、最近お料理って流行りなんですか？」

「や、そんな話は聞いたことないですけど。あ～、まあ、お嬢達がやろうとしてるのを見て、やってみたいなと思ったんじゃないですか？」

こっそりリュカに聞いてみたのですが、別に料理が流行っているわけではないようです。

お三方とも気を遣ってやりたいと言ってくれたわけでもなさそうでしたので、ご一緒して頂くことにしました。

皆様婚約者が学園に在籍されているとのことでしたので、作ったお菓子をお相手に渡してはと提案してみました。

すると皆様顔を綻ばせて、ますますやる気になって下さいました。

全く、どうして皆様こんなにかわいらしいのでしょう。

恋とは、こんなにも女性を輝かせてくれるものなのですね。

「さて、大人数になってしまいましたが、楽しく作りましょうね。材料の分量ですが……」

近くにあったホワイトボードに分量と作り方を書けば、皆様「意外と簡単にできるのね」とほっとしていました。

そうそう、そんなに難しく考えなくても良いのです。

皆様手際《てぎわ》もなかなかのもので、心配していたミアさんも、ホワイトボードを確認しながら一生懸命手を動かしています。

これなら、わたくしが手を出す必要もなさそうですね。

そこで、皆様の様子を見ながらわたくしはレモンと蜂蜜を手に取りました。綺麗に洗って輪切りにし、蜂蜜で漬けるだけ。そう、運動後にとても適したレモンの蜂蜜漬けです。

といっても漬かるのに時間がかかりますので、皆様の目を盗《ぬす》んでこっそりと……。

「お嬢？　なにしてんですか？」

「リュ、リュカ。目ざといですわね……」

リュカに見つかってしまいましたが、まあ変なことをするわけじゃありませんので、きちんと説明しました。

そしてこっそりと、レモンを敷き詰めた入れ物に向かって、魔法陣を描きます。

「つーか、そんなことよく考えますね」

「本当にできるかは分かりませんが、多分大丈夫だと……。えいっ！」

魔法陣に描いた片仮名は、〝ジカン〟〝ススム〟。

ついでに氷の属性の図形を交えて、冷蔵の効果も入れてみましょう。

冷やしながら時間の進みを速める、みたいな感じですわね。

「〝冷蔵《クール》&時間促進《クイック》〟」

「呪文名、そのまんまですね」

なかなか良いものが思い浮かばないんですもの！

分かりやすくて良いじゃありませんか？　と思いながら発動させると、思った通りの効果がきちんと蜂蜜漬けにかかったようです。

入れ物が冷え、レモンが蜂蜜を吸って柔らかくなっていくのが分かります。

これなら、クッキーを作っている間しばらく置いておけば、しっかり漬かるはずです。

「恐らく成功ですわね。さあ、わたくし達もクッキーを作りましょう」

「え、俺もですか？」

レオ様達もいらっしゃるとのことですもの、たくさん作らなければ。

思った通り、リュカはとても器用で生地作りも上手にこなしていました。

エマ様達もそれを見て驚き、「負けていられません！」と闘志《とうし》を燃やしていました。

さて、リュカってば、すっかり仲良しですわね。

リュカってば、予想以上にリュカが有能だったので、わたくし手持ち無沙汰《ぶさた》になってしまいましたわ。

……あ、そうですわ。

「先ほどの……。ああ、やはり。ふふ、程良い甘さで美味しい」

材料の中から懐かしい味のものを取り出し、せっかくならばと、もうひとつお菓子を作ることにしました。

「セレナ様、型抜きも終わりました！　……って、なに作っていらっしゃるんですか？」

「まあ、皆様お上手にできましたね。あとはオーブンで焼くだけですよ。ふふ、これは少し試しに作ってみているのです。持ち帰って家族に振る舞おうと思いまして」

前世でよく作ったのだと言えば、お父様達もきっと興味を持って下さるでしょうね。

それにしても、日本語といい薙刀といい、異世界なのに日本のものがたくさんあるのはすごく嬉しいですわ。

「まあ……。見た目はちょっと地味ですけど、セレナ様がおっしゃるなら、きっと美味しいんでしょうね」

確かにジュリア様が言うように、このお菓子は華やかさに欠けますね。

でもわたくしにとっては、とても大切な思い出のお菓子なのです。

「ええ。今は試しに作っているのですが、いずれジュリア様やエマ様にも召し上がって頂けたらと思いますわ」

「はい、楽しみにしていますね」

そんな地味で見慣れないお菓子は食べたくない、そう言われても仕方ありませんのに。

本当にわたくしのお友達は優しいですね。

「さあ、ではクッキーを焼きましょう。まずは十分くらい。その後は様子を見ながら焼きましょうね」

焼き上がった後の皆様の顔が、どうか喜びに溢れていますように。

クッキー作りは大成功、皆で袋やリボンで思い思いにラッピングもしました。

飛び入り参加のミアさんも、感激で目がキラキラしていてかわいらしかったですわね。

クッキーを大切そうに持って、すぐにリオネル殿下の元へと走って行きました。

ジュリア様は「はしたない」と怒っていましたが、最後には「今回は大目に見ます」と言ってくれました。

恋する乙女同士、気持ちが分かるのでしょう。

同じく飛び入り参加の同じクラスのご令嬢達も、嬉しそうにお礼を言って婚約者達の元へと行かれました。

「お相手の男性が喜んで下さいますように」と伝えれば、目を潤《うる》ませて握手してくれました。

ちなみに、食堂のおば様方にもクッキーをおすそ分けして、とても喜んで頂きました。

「食堂のおばちゃんにクラスメイトに……。いったいどれだけ誑かす気でいるんですか」

「まあ、人聞きの悪い。お友達を増やしているだけですわ」

悪態をつくリュカに、心外ですと返します。

さて、明日フーリエ様に渡すというエマ様も一緒に、わたくし達は主にリュカが作ったクッキーを持って、剣術の稽古場へと向かいました。

レモンの蜂蜜漬けも良い頃合いでしたので、炭酸水の入ったボトルも持って。

稽古場が近付くにつれて、どきどきと緊張し始めるジュリア様がとてもかわいらしくて、三人で笑ってしまいました。

喜んでくれるはずと思ってはいても、恋する乙女はいつだって思い悩むものなのでしょう。

いつかわたくしも、そんなどきどきを体験したいものですわ……。

そんなことを思っていると訓練場に着き、フェリクス殿下とレオ様の姿が見えました。

ちょうどおふたりが剣を持って、打ち合っているところでした。

その剣を振るう姿に、わたくしは目を見張りました。

スラリとした細身のフェリクス殿下が軽々と剣を扱うのにも驚きましたが、レオ様の圧倒的な剣捌きに、見惚れてしまったのです。

エリオットお兄様のテクニカルな剣技も素晴らしいのですが、レオ様はまず、その長身とがっしりとした体躯を活かした力強さが際立っています。

だからといって力任せなわけではなくて、しっかりと相手の剣の動きに反応し、技術も素晴らしいものをお持ちです。

剣に関しては素人ですが、わたくしの薙刀などでは、少しも刃が立たないでしょう。

そう思わせるだけの実力をお持ちなのは、間違いありません。

「そこまで。――あれ？　フェリクス殿下、婚約者の方ではないですか？」

わたくし達に気付いたご友人が、フェリクス殿下にそう声をかけてくれました。

「あれ、ジュリア嬢？　どうしたんだい、こんなところに来て」

「セレナ嬢？　と、オランジュ伯爵令嬢も一緒だな」

レオ様も気付いて、フェリクス殿下と一緒にこちらへ来てくれました。

隣を見れば、ジュリア様もフェリクス殿下に見惚れていたのか、頬を染めて目をキラキラさせています。

「あの、これ……」

「クッキー？　どうしたんだい？」

おずおずとクッキーを渡し、ジュリア様が手作りだと告げればフェリクス殿下はとても嬉しそうに包みを開けました。

一口食べて、破顔《はがん》。

おふたりとも、とても幸せそうです。

「へえ。貴族令嬢が菓子作りなんて珍しいが、良かったな、フェリクス」

「おや、独り身の君には悪いことをしたね」

レオ様とフェリクス殿下、そんな軽口を言い合うなんて、とても仲がよろしいのですね。

「あ、他の皆様方の分もありますの。クッキーと、さっぱりした飲み物も良かったらどうぞ」

おふたりの様子にほっこりしながらリュカに持ってもらっていたクッキーを差し出すと、他のご友人方も集まってきました。

休憩用のコップをお借りして、作ってきたレモンを入れて炭酸水を注げば、簡単蜂蜜レモンソーダの出来上がりですわ。

「う、美味い！」

「へえ、とても美味しいね」

「……美味い」

　ご友人もフェリクス殿下もレオ様も、お口に合ったようでほっとします。

　クッキーも喜んでもらえて良かったですわ。

「まさかリュミエール公爵令嬢の手作りクッキーが食べられるなんて！　感激です！」

「この味、一生忘れません！」

「え、ええと、それは……」

「しっ！　お嬢、年若い純情な青年達の願望を打ち砕いてはいけません。どうか、黙って頷いておいて下さい」

　滂沱《ぼうだ》の涙を流してクッキーを頬張るご友人方に、それはほとんどリュカの手作りであることを告げようとしたのですが、リュカに止められてしまいました。

　なぜかと理由を聞きたい気もしたのですが、リュカの言う通り、黙って笑顔を返すだけにしたのでした……。

　ふと別の方を見ると、レオ様がおひとりでいるのに気付きました。

　嬉し泣きをしながらクッキーを頬張るご友人方からそっと離れ、蜂蜜レモンソーダを飲むレオ様の元へと近付きます。

クッキーも先ほどは美味しいと言って下さいましたし、少しつまんではいらっしゃいましたが、ソーダの方がお好みだったようで、お代わりまで召し上がっています。

「あの、レオ様」

「ああセレナ嬢。これ、美味いな。甘ったるくないから、動いた後にぴったりだ」

「まあ、気に入って頂けて良かったですわ。優しい甘みと酸味でさっぱりしていますし、運動後の疲れた体にとても良いのですよ」

褒めて頂けたのが嬉しくて、ついしゃべりすぎてしまいます。

「へえ。なぜ運動後に良いんだ？」

「まず、レモンにはクエン酸という疲労回復に効果のある物質が多く含まれているのですが、蜂蜜に含まれているビタミンB群と一緒に摂取《せっしゅ》すると、吸収率が高まるのです。それに……」

なぜでしょうね、リオネル殿下とはちっとも話が盛り上がらなかったのに。

レオ様はわたくしの話に色々と聞き返してくれるので会話が弾み、とても楽しいです。

「それにしても、レオ様の剣の腕前には驚きましたわ。とてもお強いのですね」

「まあ、そうだな。性に合っているというのもあるが、必要だったからという理由もある」

そう言ったレオ様の表情には、少しだけ暗いものが見えました。

どちらのお生まれなのかとか、どのような立場の方なのかなど、わたくしはなにも知らないのだと、その時初めて気付いたのです。

まだ片手で数えるほどしかお会いしていませんから、当然といえばそうなのかもしれませんが……。きっと彼にも色々なことがあって、努力してその剣技を身に付けたのでしょう。

「……そのたゆまぬ努力の成果なのですね。尊敬いたします」

深い詮索《せんさく》は不要でしょう。心からの敬意を伝えるのみです。

「セレナ嬢も……」

「はい？　わたくしですか？」

もごもごとなにか言いたげだったのを聞き返すと、レオ様はがしがしと頭をかいて観念したかのように口を開きました。

「おまえだって、色々努力しているだろう？　聞いた話だが、先日の試験で筆記も実技も高得点・高評価を叩き出したとか。そのうえ、フェリクス以外にも差し入れをして、気遣いもできる。そんな人間はなかなかいない」

照れたような表情が、社交辞令や嘘ではないと言っているようで。

まさかわたくしなどにそのような言葉をかけて下さるなんて……。

じわりと胸が温かくなるのを感じると、自然と頬が緩みます。

「……ありがとうございます。ふふ、誰かに認めてもらえるということは、とても嬉しいことですわね」

「おまえ……」

なぜでしょう、レオ様が目を見開いています。

わたくしの緩んだ顔がみっともなかったのかもしれません、ちゃんと引き締めなくては！

ぺちんと頬を叩くと、レオ様も我に返ったようにして目線を逸らしました。

「ん？　セレナ嬢、なにを持っているんだ？」

レオ様の視線の先、わたくしの手には小さなバッグが握られています。

「ああ！　これもお菓子なのですが、材料の中に珍しいものがあったので、試しに作ってみたものです。帰ってから家族と食べようと思いまして……」

「珍しいもの？」とレオ様が興味津々だったので、中身を出して見せることにしました。

「……真っ黒だな」

「ふふ、でも中は白いんですよ？」

取り出して見せたのは、おはぎ。

この国では珍しいあんこが、なぜか他の材料と一緒に置かれていたので、作ってみたのです。

さすがにもち米はなかったので中身はお餅ではないのですが、熱々のご飯に片栗粉を混ぜてつぶし、それらしく作ってみました。

そう、ご飯はあるのですよね。洋風ではありますが、オムライスなどのお米料理があるのですもの。本当にちらほらと日本文化が見られるのが懐かしいです。

「甘いのか？」

「そうですね。でもしつこくない、優しい甘さですよ」

クッキーをそれほど召し上がっていませんでしたから、レオ様は甘みの強いものが苦手なのかもしれませんね。

ですが前世では、甘いのが苦手でもあんこは大丈夫な方もいましたから、ひょっとしたら。

「……おひとつ、召し上がってみます？」

こてん、と首を傾げてひとつ差し出してみると、ちょっぴり怯んだように後ずさりされてしまいました。

「～～っ！　それは、わざとか？」

「はい？　なにがです？」

今度は反対側に首を傾けると、なんでもないとため息をつかれました。

「ふっ。ア、アングラード様、お嬢のそれは天然ですから、警戒しても無駄ですよ。くくっ」

笑いを堪えているという様子のリュカの言葉の意味もよく分からず、わたくしの頭の中は「？」でいっぱいでした。

「……他意《たい》がないのなら、頂こう」

微妙な顔をしながらも、レオ様はわたくしの手からおはぎを受け取って下さいました。

そしてひと口。

もぐもぐと頰張って下さっていますが、お口に合ったのでしょうか。

なかなか反応がないことに、なぜか胸がどきどきします。

「美味い」

「まあ！　良かったです！」

少しの間の後に、頰を緩めたレオ様が控えめながらも嬉しい言葉を下さり、ほっとしました。

「先ほどのクッキーも美味かったが、俺はこちらの方が好みだな。バターや砂糖の甘みが強い菓子よりも食べやすい。意外と食べごたえもあるし」

思った通り、レオ様は甘さ控えめがお好みのようですね。

わずかですが綻んだ表情から見ても、気を遣っているわけではないようですし、気に入って頂けて嬉しいです。

母上様や家の者以外に食べて頂くことなんてなかなかありませんでしたから、少し緊張してしまいましたわ。

『いつかわたくしも、そんなどきどきを体験したいものですわ』

……あら？

「どうしたんです？　お嬢」

「あ、リュカ。いえ、なんでもありません。そろそろ帰りましょうか」

はっと我に返り、レオ様やフェリクス様と挨拶をして別れました。

馬車乗り場までの道すがら、エマ様がはあっと息をつきました。

「ジュリア様、良かったですね。ああ、私も明日ライアン様に喜んでもらえるでしょうか？」

「緊張してしまいますよね。口に入れて、美味しいって言ってもらえる瞬間まで心臓どきどきでした。でも、あんなに喜んで頂けて、すごく嬉しかった。セレナ様、本当にありがとうございました。作って良かったです！」

「いえ。わたくしは少し口を出しただけですから」

恋するふたりの乙女の会話、なのですが……。

なぜでしょう。レオ様におはぎを渡した時のわたくしに、少しだけ重なるのは。

「普段から温和な表情をしていらっしゃいますけど、クッキーを食べてフェリクス殿下の顔が綻んだのを見て、『ああ、ジュリア様愛されてるな〜』って思いました！　その時のジュリア様の顔も、すっごく嬉しそうでしたね！」

「も、もう！　エマ様ったら、言いすぎですわ！」

綻んだ表情に、嬉しくなった……？

ジュリア様も？

わたくしの先ほどの気持ちと、彼女達の婚約者に向ける気持ちは、似て非なるものなのでしょうか？　それとも……？

ですがまあ、久しぶりのお菓子作りでしたし、家の者以外の男性に食べて頂くのが初めてでしたから、緊張していただけかもしれませんね。

レオ様も美味しいと言って下さいましたし、お父様達に振る舞っても問題なさそうです。

それに大勢で作るのなんて初めてでしたが、友人達と一緒だとすごく楽しいものですのね。

にこにこと三人で会話しながら上機嫌で歩いていると、リュカが「ところで」と口を挟んできました。

「お嬢、なにか忘れてはいませんか？」

「えっ？　ええと……今日は先生にも呼ばれていませんし……。あ！」

「「あ？」」

リュカの言わんとしていることに気付き、わたくしは真っ青になってしまいました。

「今からじゃ……遅いですよね」

「そうですね……。ちょっと無理かもしれません」

エマ様とジュリア様も気付き、わたくしに同情的な視線を向けられました。

「まさか……わたくしとしたことが、当初の目的を忘れるなんて……」

ぷるぷると震え、その場に立ち尽くしてしまいます。

昨日書き上げたシナリオは、いったいなんだったのでしょう。

そう、悪役令嬢としてリオネル殿下にクッキーを持って行くのを忘れていたのですわ！

ミアさんを牽制するもあえなく敗北、ふたりの絆を強めるだけだった、というシナリオが……!!

「ちなみにそのシナリオでは、男爵令嬢をどうやって牽制するおつもりだったんですか？」

わたくしにとっては大事だというのに、リュカはしれっとした顔でそう聞いてきました。

「やっぱりな」とでも思っているのでしょう。

悔しいですが反論の余地《よち》はなく、素直に昨日書き留めた紙の束を渡しました。

「えーと……。リオネル殿下にお菓子を持って行くも、怪訝な顔で拒否される。そこへミアさん登場。『あ……私、お邪魔でしたね』その手には手作りのお菓子が入った包みが。……って、あの男爵令嬢はこんな慎《つつ》ましやかなこと言わないでしょう」

「なになに？『ミア！　その包みは……。嬉しいよ。僕のために？　うん、とても美味しい。君の気持ちが込もっていて、優しい味がする』『リオネル殿下……！　嬉しい！』うーん……セレナ様がいなかったら、クッキーではないベチャベチャのなにか、になっていましたね」

「どれどれ……。『わ、わたくしの作ったものよりも、そんな地味なお菓子の方が美味しいだなんて、殿下はどうかしていますわ！』そう言って悔しそうにその場を去る。……ですか。むしろ作るのをお手伝いしていますからね。それに同じクッキーですし……見た目は一緒です」

……リュカもエマ様もジュリア様も、声真似がとてもお上手ですのね。

それはランスロットお兄様だけの特技だと思っていましたわ。

「あの、セレナ様。これ自体はとっても良くできたお話だとは思うのですが、その」

「セレナ様には向いていませんね、悪役令嬢」

言いにくそうなジュリア様の言葉を継いで、エマ様がはっきりきっぱりとそう言ってしまいました。

「同感ですね。お嬢、人には向き不向きというものがありましてね……」

「もうっ！　気付いていたなら忘れていると早く教えてくれれば良かったのに、リュカは意地悪ですわー!!」

あまりにも皆様が「諦めたら」と言うので、ついリュカに八つ当たりしてしまいました。

はぁ……。母上様、何事も物語のようには思うようにいかないものですのね。

こんな調子で、わたくしは希望通り平民になって恋などできるのでしょうか？

恋……。先ほどレオ様に感じた動悸《どうき》とは、また違う特別なものなのでしょうか。

エマ様やジュリア様は、どんな感情をお持ちなのでしょう。

ああ、そういえば、ミアさんや飛び入りのお三方は上手くいったでしょうか？

彼女達もまた、同じような体験をしているのでしょうか？

そしてわたくしにも、いつかそんな気持ちが分かる日が来るのでしょうか――――？

◆◆◆

「――――それで？」

学園のある一室。

ヴィクトリアの鋭い視線に抗《あらが》うことなどできず、三人の令嬢達は口を開いた。

「は、はいヴィクトリア様。その、セレナ様がせっかくお誘い下さったのを断るのも申し訳なくて……」

「『婚約者に渡しては？』と言われ、私達も嬉しくて……」

「と、とても楽しかったですし、婚約者には喜んでもらえましたし、正直言って最高の一日でしたわ！」

もうこの際本音を言ってしまえと、素直にそう白状したのだった。

それを聞いた他の〝セレナお姉様応援団《ファンクラブ》〟の会員達は、ぷるぷると身を震わせた。

「「「う、羨ましいですわぁぁぁぁ!!!!」」」

ある者は涙を流し、ある者は狂ったように叫び、三人を羨んだ。

「で、ですが私も、アングラード様との一部始終を拝見できましたもの。セレナ様がとてもかわいらしくて、アングラード様も頬を染めていましたわ！」

「なんですのそれ！　わたくしなんて、あの女狐とリオネル殿下の密会偵察《ていさつ》担当でしたのよ！……ま、まあ？　女狐の手作り菓子に感動する殿下とのやり取りは、少し、ほんの少～ぉし羨ましかったですけども！」

各担当者達もそれなりに今回のイベントを楽しんでいたのかと、セレナと一緒に菓子を作った三人はほっとした。

だが、まだ気は抜けない。

ヴィクトリアが、自分達の答えに対してなにも言葉を発していないのだ。

ちらりとその表情を窺うが、無表情すぎて全く読めない。

「――――あなた達、」

そこでようやく口を開いたヴィクトリアに叱られるのを覚悟し、三人はぎゅっと目を瞑《つぶ》った。

「後でそのクッキーのレシピを教えなさい。皆で練習して、セレナ様といつか一緒にお菓子を作りますわよ！」

真剣な目のヴィクトリアに、「そうよ……！」と令嬢達は立ち上がった。

「ヴィクトリア様……！　なんて素晴らしいお考え!!」

「わたくし達もセレナ様とご一緒させて頂く、良いきっかけになりますわね！」

「婚約者に渡せば一石二鳥。これからの貴族令嬢は、お菓子作りが必須スキルですわよ！」

「皆様落ち着いて。セレナ様とレオ様を結びつけるだけではなく、セレナ様とわたくし達の接点を持たせてくれたこの三人に、まずは感謝しなければね」

どうやら一見高飛車《たかびしゃ》そうなヴィクトリアは、思っていたよりも前向きで優しい方だったのだなと、三人の令嬢の中で好感度が上がったのだった――。

◆◆◆

「美味い！　なんだこれは、初めて見たぞ」

「あら、本当。見た目は地味だけれど、美味しいわね」

「ありがとうございます、エリオットお兄様、お母様」

その夜、夕食後に出したおはぎは、皆から美味しいと言ってもらえました。ですが――。

「お父様、ランスロットお兄様？　どうしたんです？　そんな難しい顔でおはぎを見つめて」

そう、一口食べたおふたりがなぜか黙り込んでしまったのです。

「……いや、なんでもない」

「前世の食べ物だって言ってたね。とても美味しいよ」

なにか思うところがあるようですが、この様子では素直に話してもらえなさそうですね。

まあ、なにか問題があれば話してくれるでしょうし、特別気にすることでもないでしょう。

この時のわたくしは、まだ知らなかったのです。

このおはぎが、後にとても重要なものになるということを。

第11章

女性のお買い物は時間がかかるものなのですわ

あれから、いくつか悪役令嬢としてのシナリオを立ててはみたものの、ことごとく失敗、もしくは予想外の結果となっていました。

しかし、わたくしが考えたストーリーはとても面白いようで、毎回エマ様とジュリア様から「書き上がったら見せて下さい」とねだられています。

まるで小説の続きを楽しみに待つかのように。

わたくしは小説家を目指しているわけではないのですが……。

その他の近況をお話しいたしますと、最近お菓子作りを通して仲良くなったご令嬢達が増え、わたくしの周りは以前よりも賑やかになっています。

皆様容姿は元より、内面もとてもかわいらしい方ばかりで、わたくしと一緒に作るお菓子を婚約者がとても喜んでくれるのだと、頬を染めてご報告して下さいます。

最初はリオネル殿下との関係を気にして、そういった話題を遠慮して下さっていたのですが、わたくしが殿下に興味がないと分かると、色々と教えて下さるようになりました。

というか、わたくしがお願いしたのですけれど。

恋とはどういうものなのか、皆様の経験を聞きたくて。

遠慮なく惚気《のろけ》話をするご令嬢達は、とてもキラキラしていて、かわいらしいです。

もちろん中には、親同士が決めた婚約と割り切った方もいらっしゃいますけれど。

しかし、手作りのお菓子を贈ることで、相手との関係が良くなったと喜ぶ方も多いです。

なんであれ、相手を思い遣《や》る気持ちは大切なものですわね。

「ですがセレナ様。わたくし、リオネル殿下はセレナ様との関係をはっきりするべきだと思っておりますのよ」

放課後、そんなご令嬢達と共にカフェテラスで女子会を行っておりますと、ヴィクトリア・ベランジェ侯爵令嬢が、だん、とテーブルを叩きました。

くっきりとした目鼻立ち、いかにも高貴なご令嬢という風貌の彼女は、気が強いと思われがちですが、曲がったことが嫌いでとても真面目な方です。

「う〜ん、王宮が決めた婚約ですので、こればかりは……」

まさか悪役令嬢を演じて婚約破棄、平民になろうと考えているなど、言えやしません。

こう言って誤魔化すしかありませんわ。

お菓子作りの後、わたくしが殿下に興味がないことに加え、お菓子を作るミアさんの真剣な様子から、「ミアさんは心から殿下を想っているようだ」とご令嬢達の中で話題になりました。

浮気は良くないと皆様思いつつも、道ならない恋に苦しむミアさんへの同情心を持つ方も少なくありません。彼女の全てを非難することはできないと思ったのでしょうね。

それならばいっそ、わたくしとの婚約をなかったことにすれば良いのではと考える方もいらっしゃるのです。

「そうですよね。王宮と公爵家との繋がりとか、殿下の出生のこととか、政治的なこともありますから、わたくしも分かってはいます。ですが、これでは誰も幸せになれません……」

ヴィクトリア様もままならないことだと、よく分かっていらっしゃるのですよね。

それでも、わたくし達の気持ちを考えて、そう言って下さったのでしょう。

「ありがとうございます、ヴィクトリア様。わたくし、頑張りますわ」

だから、わたくしは悪役令嬢になるのです。

わたくしが王家に入ることは良くないことだと王宮に認められて、向こうから婚約破棄されれば、全てが丸く収まるのですから！

そんな内心を隠してにっこりと微笑めば、ヴィクトリア様が目を潤ませました。

「セレナ様、なんて健気な……。わたくし、もしこのままセレナ様がリオネル殿下の妃となられても、ずっと陰ながら応援させて頂きますわ……！」

まずいですわ、これは『殿下からの寵愛《ちょうあい》を得られずとも、これからも国のために頑張りますわ』の意味に取られてしまったようです。

焦るわたくしの本心を知っているエマ様、ジュリア様、リュカは、うんうんと頷きながら生暖かい目でヴィクトリア様を見ています。

確かにお優しいヴィクトリア様はとてもかわいらしいですが、わたくしものすごくいたたまれませんのよ！

にやにやするリュカを恨《うら》めしそうに睨んだのですが、ちっとも助けてくれませんでしたわ。

「それにしても、最近交友関係が広くなりましたね」

「ええ。実は私、ヴィクトリア様のことちょっと苦手だったんですけど、ちゃんとお話してみるとすごく良い方なんだなぁって思いました。見た目だけで判断してはいけませんね」

お友達が増え、エマ様とジュリア様もすっかり皆様と仲良くなり、嬉しそうです。

「でも、ちょっぴり寂しさもあるんです。最近セレナ様、すごく人気者で……。三人で過ごすのも、私にとっては大切な時間でしたから」

「ジュリア様……！」

まあ、なんてかわいらしいことを言って下さるのでしょう！

わたくしも大勢で過ごすのは楽しいですが、こうした三人だけの時間もとても好きですわ。

「わたくしにとっては、おふたりは特別です。だって、初めてできたお友達ですもの」

この世界が鮮やかに色づいたのは、紛《まぎ》れもなくおふたりのおかげです。

おふたりのおかげで、今のわたくしがいるのです。

「もう、ふたりとも恥ずかしいこと言わないで下さいよ！　あ、そうだ。明後日は学園もお休みですし、もし良かったら三人で出かけませんか？　お忍びで市井に！」

「それ良いですね、エマ様！　ね、セレナ様も。ぜひ行きましょう？」

「まあ、楽しそうですね。お父様とお母様に相談してみますわ。明日お返事いたしますわね」

こうしてわたくし達は、三人で初めてのお買い物へと出かける約束をしたのです。


そしてその二日後。

無事にお父様、お母様、そしてお兄様方から了承を得たわたくしは、町娘風の装いの準備をしておりました。

「お嬢様の気品は隠しようがありませんね。どう頑張ってもお忍び感が出てしまいます」

「私達の腕が未熟で申し訳ありません……。ですが、なにを着てもどんな髪型にしても、その美しさは隠せません！」

すっかり警戒心を解いてくれたメイド達が、簡素《かんそ》なワンピースを着せて髪を編み込み、ふんわりした化粧まで施してくれました。

「へえ。そういう格好も意外と似合ってますよ」

「意外と、は余計ですわ。ですがメイド達が頑張ってくれたおかげですわね。ありがとうございます」

そう悪態をつくリュカも、今日はいつもと違う町人風の装いをしています。

今日はわたくし達と少し離れて隠れて護衛してもらうのですが、美形ですしスタイルも良いですから、簡素な服を着ていても目立ってしまいそうですね。

「いやいや。その言葉、そっくりそのままあんたに返しますよ」

「まあ、わたくし声に出していました？　ふふ、いつものキッチリした服装も似合っていますが、今日の装いもまた違った雰囲気で素敵ですね」

なんと表現したら良いのでしょう。首元や腕の部分がいつもより露出している分、男性的な魅力が垣間《かいま》見えるというのでしょうか。

「ストップ。そこまでにして下さい。坊っちゃん達に睨まれるのは嫌なんで。マジで」

ここにはわたくし達しかいませんから、そんな心配は無用だと言ったのですが、「甘いですね」とため息をつかれてしまいました。

そうこうしているうちに、そろそろ出発しなければいけない時間になってしまいました。

「お嬢様と侍従の許されない恋もアリですね……」

「いえ、やはり私は公爵様と男装騎士の方が……」

メイド達がそんな会話をしているとはつゆ知らず、わたくし達はお忍び街散策《さんさく》へと繰り出したのです。

待ち合わせ場所に到着すると、そこにはなんとまあ素敵な町娘スタイルのエマ様とジュリア様がいらっしゃいました。

「か、かわいいですわ……！　こんな町娘さんがいたら、間違いなく交際の申し込みがひっきりなしでしょうね！」

「セレナ様ったら、大袈裟ですよ」

「恥ずかしいですけど、嬉しいです」

照れたおふたりもかわいらしいです！

ですが、これだけかわいらしいと心配でもありますね。

「リュカ、エマ様とジュリア様の護衛の方、こんなにかわいらしいおふたりです。変な輩《やから》に絡まれるかもしれません。目を離さないで下さいませね！」

「……お嬢、そこにあんたは含まれてないんですか？」

「わたくしは大丈夫です。最近エリオットお兄様に体術も習っておりますから、多少は戦力として考えて頂いても結構ですわよ！」

「そっちじゃねぇよ。普通に考えたら絡まれる方だろ」

リュカってばなにを言っているのでしょう。

でも、おふたりのついでに声をかけられることはあるかもしれませんね。油断は禁物です。

「と、とりあえず我々は少し離れて歩きますね。お嬢様方も、できるだけ人の多いところや影になる場所は歩かないように気を付けて頂けると助かります」

ジュリア様の護衛の言葉に頷き、わたくし達は三人で並んで歩き始めました。

こうしていると、前世で友人達と出かけたことを思い出しますわ。

わたくしが死んだ後、皆様は幸せに暮らしたでしょうか。

病気になってから出かける機会もなくなってしまいましたから、ずいぶんと懐かしい記憶ですわね……。

「セレナ様！　……って呼び方はおかしいですよね。ええと……セレナ、エマ、で良いですか？」

「うーん。私はともかく、セレナとジュリアはちょっと貴族風の名前ですよね。ジュリアはジルとか？」

「それならわたくしは――レナ、とお呼び頂けますか？」

懐かしい友人達の姿が思い浮かびます。

『怜奈！　あの店にも行ってみましょうよ！』

少しだけ、今日は前世のわたくしも一緒に。

「分かりました！　レナ、エマ、向こうのお店から入ってみましょう？　こっちですよ、来て下さい！」

「あっ、ジル、走ると危ないですよ！」

「まあ。わたくし達も負けずに追いかけましょう、エマ」

怜奈も一緒に、大切な友人達との時間を過ごすことをお許し下さいませ。

「レナ！　次はアクセサリーを見に行きましょう！」

「ま、待って下さい……。どうしてそんなに元気なんですの？」

「レナ、お疲れですか？」

剣術も嗜み元々活発なエマ様はともかく、ジュリア様まで意外と体力がありますのね。

わたくしはクタクタですのに……。お買い物に関してはおふたりの方が一枚も二枚も上手だったようです。

そして、お忍びに慣れていらっしゃる……。

「すみません。私達はしゃぎすぎてしまいましたね。どこかカフェにでも入りましょうか」

「ありがたいですわ。ジュリ……ジル」

ジュリア様が気遣って下さり、近くのカフェへと歩き出すと、少し離れたところに見知った方が見えました。

「あれ？　あの方、アングラード様じゃないですか？」

「本当ですね。レオ様です」

どうやら見間違いではなかったようです。

レオ様もお忍びなのでしょう、簡素な服を着ておりますが、長身なうえにあのお顔ですから……。当然目立っていますわ。道行く女性が見事に全員ちらちらとレオ様を見ています。

「あっ、綺麗なお姉さん達に声をかけられてますよ」

「ですが、非常に迷惑そうな顔をしていますわね……。ああ、お姉さんの腕を振り払ってしまいました」

あんなに綺麗な女性に声をかけられたのに、嬉しくなかったのでしょうか？

そういえば、学園でもご令嬢方に人気があるとのことですが、浮いた話は聞きません。

「もしかして、レオ様……」

はっとひとつの可能性に思い至り、「いえ、まさか」とは思いつつ、言葉にせずにはいられませんでした。

「女性はお好きでない、そちらの嗜好の方だったのでしょうか？」

「なんでそうなるんだよ‼」

離れたところから突っ込みを入れてきたリュカに、「耳が良いのですねぇ」と感心します。

「……おい、聞こえているぞ」

そんなリュカの叫びが聞こえたのでしょうか、こちらに気付いたレオ様が、げんなりした顔でこちらへ来てくれました。

レオ様に声をかけていたお姉さん達が一瞬、恐い顔でわたくし達を睨みつけましたが、貴族のお忍びと気付いたのか、なにも言わずに立ち去られました。

ここで一騒動起こるとリュカや護衛達が動かなくてはいけなくなりますので、助かりましたわ。

そんな彼女達の様子には気付かず、レオ様は胡乱な目でわたくしを見ました。

「誤解のないように言っておくが、俺は断じてそっちの趣味ではない」

「あら、そうなんですか？　綺麗な方に声をかけられても喜ばれていない様子でしたので、もやと思ったのですが。ああ、別にわたくし、そういったことに偏見はありませんよ？」

「……全く伝わっていないということはよく分かった」

まあレオ様、そんなに暗い顔をしなくても。

「ふふ、冗談ですわ。その気のない方に期待を持たせるような振る舞いはしないということでしょう？　誠実なのですね」

「おまえ……。良い性格しているな」

少し頬に朱《しゅ》がさしたレオ様は、なんだかかわいらしいですね。

年上の方にこんなことを思うのは無礼かもしれませんので、口にはいたしませんが。

「わたくしは好きですよ、そういうの」

「は？」

「きゃっ！」

「まぁ！」

あらまあ、今度はぽかんとした顔になってしまいました。

レオ様は、とても表情豊かなのですね。

ところでエマ様とジュリア様が、頬を染めて楽しそうにしていらっしゃるのはなぜでしょう？　なにか良いことでもあったのでしょうか？

「そうだわ！　アングラード様、失礼ですがこの後ご用事が？」

「いや、特にないが……」

「でしたら！　セレナ様がお疲れのようなので、カフェでお相手をして下さいませんか？　私達はもう少し、お店を見て回りますので！」

エマ様とジュリア様の勢いに、レオ様が押されています。

このような光景は珍しいですね。

でも、わたくしなどの相手をするのに時間を取って頂くのは忍びないですわ。

「まあ用事も済んだところだから、構わないが……」

お優しいレオ様はお断りできなかったようで、すんなりと了承してしまいましたわ。

「では、私達は行きますね！　また後で合流しましょう」

「レオ様、セレナ様をよろしくお願いいたします」

そうしてわたくしとレオ様、少し離れたところのリュカを残して、エマ様とジュリア様は元気にお買い物の続きへと向かいました。

もうかなりのお店を巡りましたのに、おふたりとも本当にお買い物が好きなんですね。

「とりあえず……そこのカフェにでも入るか」

「あっ、はい。ですがレオ様、お忙しければわたくしひとりで待てますから。せっかくの休日なのですから、お気遣い頂かなくても……」

「あのな……。どう考えてもひとりだと危ないと分かっていて、おまえを置いて帰るわけがないだろう」

危ない？　スラム街でもあるまいし、そんなに危険なことなどないと思うのですが……。

「……無自覚とは恐ろしいな。いや、箱入りなだけか？　とにかく、その目立つ容姿をきちんと自覚した方が良い。優しく見えても、そうそう男を信用するなよ」

目立つ容姿……。最近忘れかけていましたが、確かにセレナのこの美しさは目を引くかもしれませんね。

立ち話もなんだからと、とりあえずわたくし達はカフェに入りました。

向かい合って座り、メニュー表を開くと、美味しそうなお菓子がたくさん書かれていました。

レオ様はそちらには興味がなさそうで、飲み物だけを注文するようです。

「おまえは好きなものを食べると良い。俺は別に腹が空いていないだけだ。特に用事があるわけでもないから、ゆっくり決めろ」

わたくしが遠慮すると思ったのでしょう、そう言って下さいました。

言い方はぶっきらぼうですが、その奥の優しさが嬉しくて、自然と笑みが溢れます。

「では、スコーンのセットにいたします。さすがに少し歩き疲れたので、甘いものが食べたくなりました」

「おまえはともかく、あのふたりは相当買い物をしていたようだが。いったいどれくらい歩き回っていたんだ？」

注文を済ませると、わたくしの手荷物をちらりと見てレオ様がそう聞いてきました。

確かにエマ様とジュリア様はあれこれとお買い上げなさっていましたから。

ご自分でも持たれていましたが、重いものや大きめのものは後に控える護衛達にも持たせていました。

「そうですね、二時間ほどでしょうか？」

「二時間!?　……それは疲れても仕方がないな。というか、どれだけ買うつもりなんだ、あのふたりは……」

「ふふ。女性とは、お買い物に行くと時間を忘れて楽しんでしまうものなのです。まあわたくしも、おふたりの体力に驚いてしまいましたが」

前世でも女性の買い物に付き合い切れず、ベンチで休む男性のお姿をよく見かけましたもの。

こちらの世界でも同じなのでしょうかと考えて、くすくすと笑ってしまいました。

そこへ注文していた紅茶とスコーンが運ばれてきました。

ジャムやクロテッドクリームもついていて、とても美味しそうです。

店員さんにお礼を言って正面を見ると、レオ様に見つめられていたことに気付きました。

「貴族の令嬢のくせに、平民の店員相手に礼を言うのだな」

「まあ！　お礼を言うのは大切なことなんですよ」

紅茶を一口含み、そんなの当然のことですわと言い切ります。

これも母上様の教えなのですが、「ありがとう」という感謝の言葉は、言った方も言われた方も嬉しくなる、魔法の言葉なのです。

感謝の気持ちを伝え合うことで、互いの信頼関係を深めることだってできます。

「与えられるもの、やってもらうことを当然のことだと思ってはいけませんわ。そんなことをしていては、ただの傲慢《ごうまん》な人間になってしまいます」

前世に身分などはありませんでしたが、今世は身分制度のある世界。

貴族という上流階級の者こそ、それを忘れてはいけないと思います。

「確かに、そうだな」

レオ様は静かにそう同意してくれました。

「……まあこれは、ある人から教えて頂いたことですので、わたくしが偉そうに言うことではありませんけれど」

まるで自分の言葉のように振る舞ってしまったことを反省し苦笑いしたのですが、レオ様が気になったのは別のことだったようで、「ある人？」と聞き返してきました。

「はい。……わたくしの、大切な人です」

今はもう会えない、たったひとりの家族だったひと。

「それは、おまえの父や母、兄達の誰かか？」

「……いえ。ですが、同じくらい大切な人です」

前世の母とはさすがに言えず、そう濁《にご》してお答えします。

「そう、か」

それに対するレオ様はというと、なぜでしょうか、一瞬ではありますが、表情が曇ったような気がしました。

そう思ったのは本当に一瞬で、一度瞬きをすると、レオ様はいつもの様子に戻っていました。

「そういえば、俺などとふたりきりになってしまって良かったのか？　一応、相手があんなのとはいえ婚約者がいるのに」

あんなのとは、リオネル殿下のことですわね。

「ひどい言い様ですね」とまた苦笑いを返し、個室でふたりきりなわけではありませんし、リュカも隣の席で控えておりますから良いでしょうということにしました。

ちらりとリュカを見れば、ちゃっかりとケーキセットを頼んでいるではありませんか。

レオ様もお強いですから、ある程度は気を抜いても大丈夫だと思っているのでしょうね。

まあいつも迷惑をかけていますから、これくらいは見なかったふりをいたしましょう。

「試験の時に、あいつのことをなんとも思っていないと言っていたが、本気だったのだな」

ああ、意識が逸れてしまっていました。

今はリオネル殿下のお話でしたわね。

「そうですね。わたくしに向いていないお心をこちらに向かせようと努力するほど、わたくしはかの方のことを愛してはおりませんの」

父上様と母上様や、お父様とお母様のように互いを想い合える相手と一緒になりたい。

そう思ってしまうのは、その温かさを目の当たりにしてきたからかもしれません。

「うふふ、ですがやはりヒーローにはヒロインに一途でいてもらいたいですからね。そういう意味では、リオネル殿下がミアさんに一途なのは好ましいことですわ」

愛してはいないが、嫌いでもない。

むしろ、あれだけミアさんを信じられる殿下を好ましくも、羨ましくもあります。

「ヒーローとヒロイン？　あいつらがか？」

まあ、なんて嫌そうな顔をされるのでしょう。

そうですね、先ほども思いましたがレオ様は誠実な方のようですから、婚約者がいる身で他の令嬢と情を交わす王子など、お嫌いなのかもしれません。

ですが、わたくしにとっても好都合なのですから、目くじらを立てることでもありませんわ。悪役令嬢を演じて平民になりたいという事情を知らないレオ様にとっては、理解しがたいことなのかもしれませんが。

「ふふ、まあ見ていて下さいませ。ああ、この先かの方達とのことで、わたくしが一見不利に見えるような事態が起こっても、どうか静かに見守っていて下さい。わたくしが笑っているうちは大丈夫です」

レオ様は優しすぎますから、悪役令嬢となって王宮から婚約破棄される際に、なんとか助けられないだろうかという気持ちになるかもしれませんもの。

それとも、真面目な方ですから、わたくしの起こす悪事に顔を顰め、嫌われてしまうでしょうか？　そうなるのは、いささか残念ではありますね……。

胸が、ずきんと痛みました。

「それと、この先なにが起きても、できればわたくしのことを嫌わないで頂きたいですわ……」

悪役になるならば、嫌われることだって覚悟しなくてはいけませんのに。

こんな矛盾《むじゅん》したことを言ってはいけませんね。

「おい、どうした？　おまえ顔色が悪いぞ？」

「あ、いえ。なんでもありません。今の言葉は忘れて下さい」

笑顔を作ってそう返すと、はああ、とため息をつかれてしまいました。

「……嫌うことなどない」

「え？　なんですの？」

レオ様の呟きがよく聞こえなかったので、「もう一度お願いします」と伝えると、「だから！」とぶっきらぼうな声が返ってきました。

「ここまでおまえの人となりを知って、嫌うことなどない。もしそうなり得るなにかしらがあったとしても、きっと理由があるのだろう。それと、婚約者の浮気を応援する意味はよく分からんが、おまえにとって意味のあることなのだろうから、邪魔はしない」

周囲を警戒した小声と、まくし立てるような早口ではありましたが、その言葉はしっかりとわたくしの耳に届きました。


『嫌うことなどない』

そのひと言で、わたくしの胸の痛みが薄れていったのです。

「……ありがとうございます」

「礼などいらん」

「あら、先ほど言いましたでしょう？　嬉しかった時は感謝の気持ちを伝える。そうしたかっただけですわ」

少しだけ耳の赤いレオ様に、胸が温かくなります。

「ところで……」

話が一段落したところで、先ほどから気になっていたことを聞いてみたいと思います。

「なぜ今日は名前で呼んで下さらないんですか？　おまえと呼ばればかりなのですが」

「……今日はお忍びなんだろう？　本名を出すのはまずいと思ったからだ」

ああ、なるほど。それならば……。

「わたくし今日は、レナと呼ばれていますの。レオ様もどうぞそう呼んで下さいませ」

「そう変わらない気もするが……。分かった、レナ」

不思議ですね、レオ様。

名前で呼ばれないことが、なんだか少しだけ寂しかったのだと、気付いてしまいました。

セレナも怜奈も、わたくしにとっては大切な家族がつけてくれた名前。

そのどちらも呼んで頂くことができて、嬉しい。

わたくしはこの時、そう思ったのです。

「ごちそうさまでした。お代金まで出して頂いてしまって、すみません」

「気にするな。そっちの侍従は自分で払えよ。俺は親しくもない男に奢《おご》る趣味はないからな」

それは当然です。リュカってばケーキセットだけでは飽き足らず、追加でいくつか注文していましたもの。

レオ様と違って甘党なんですよね……。あれだけ食べて太らないのが不思議です。

さすがのリュカもそこまで図々しくはないので、嫌な顔をせずきちんと自分でお支払いしていました。

カフェを出たところで、ちょうどエマ様とジュリア様が……。というより、護衛の方が先ほどよりもたくさんの荷物を抱えて戻って来ました。

「「お待たせいたしましたー！」」

疲れた顔ひとつせず活き活きとしている表情から察するに、どうやら良い買い物ができたようですね。

ぐったりしているのは護衛のおふたりです。

女性の長い買い物へのお付き合い、お疲れ様でした。

そんな護衛達を見て、レオ様とリュカが同情を込めた眼差しを送っています。

リュカなど、「俺、お嬢の侍従で良かったです」と呟いていました。

そこへちょいちょいとエマ様とジュリア様に手招きをされ、近付くとこそこそと耳元で囁《ささや》かれました。

「どうでした？」

「どう、とは？　あ、紅茶とスコーンのセット、美味しかったですよ」

「そうじゃありません！　カフェの味など聞いていませんよ！　アングラード様のことです！」

レオ様？　「どういうことでしょうか？」と首を傾げると、おふたりに、はああ……とため息をつかれてしまいました。

「では質問を変えますね。レオ様とおふたりで話してみて、どうでした？」

真剣な表情のジュリア様に少し怯みながらも、先ほどまでのことを思い出しました。

「ええと、楽しかったです」

「他には!?」

エマ様も、恐いですわ。

「あと、すごく誠実な方なんだなと思いましたし、気遣いのできる優しい方だと改めて感じました」

うんうん、それで？　というおふたりの圧がすごいです。

「それで、わたくしは……」

『嫌わないで頂きたいですわ……』

あの時の、胸の痛みが蘇《よみがえ》ります。

もし、悪役令嬢となってリオネル殿下に相応しくないと皆から嫌われて、蔑《さげす》まれても。

「レオ様に、嫌われたくはないと思いました」

あの方に侮蔑《ぶべつ》を孕《はら》んだ目を向けられるのは、きっとわたくしには堪えることなどできないでしょう。

◆◆◆

「おや。お帰り、レオ」

「フェリクス……ここは俺の部屋なんだが？」

セレナ達と別れ、学園の寮に帰ってきた俺が自室の扉を開くと、そこにはフェリクスの寛《くつろ》いだ姿があった。

「良いじゃないか別に。僕と君の仲だろう？」

どんな仲だよと思いつつ、この饒舌《じょうぜつ》な友人にそんなことを言ってもからかわれるだけだなと、ため息をつくのみに留《とど》めた。

「ずいぶんと帰りが遅かったね。なにかあったのかい？」

別にと答えても良かったのだが、はぐらかしてもいずれ婚約者から耳に入るだろう。

渋々今日の出来事を話し始めた。

フェリクスも最初は何気なく聞いただけだったのだが、セレナの名前が出てくると食いつくように身を乗り出してきた。

そんなフェリクスに若干顔を顰めながらも、誤魔化しても無駄だろうからと最後までありのままに話すことにした。

「なるほどねぇ。そんな面白いことになったのなら、僕もついて行けば良かった。ジュリア嬢もいたなら、なおさら」

「知るか！　一応声をかけたのに、行かないと言ったのはおまえだろう！」

かわいこぶった仕草で「えーっ」と唇を尖らせるフェリクスに、少しイラッとする。

野郎のそんな姿は別に見たくない。

もしもセレナだったら、もっと……と想像しかけて、急いで思考を止めた。

なにを考えているんだ、俺。

相手は一応とはいえ婚約者のいる貴族令嬢だぞ。

「あ、今なんかやましいことを考えたね？」

「黙れ」

しまった。

悲しいことに、フェリクスのからかう言葉が当たっていたため、つい反応してしまった。

これでは認めてしまったようなものだ。

まずいと心の中で後悔しながら、努めて顔に出さないように振る舞ったのだが、フェリクスのにやにや顔から、気付かれているのは明白だった。

「ね、そろそろ認めたらどうだい？　セレナ嬢のことが気になるんだろう？」

「外見にそぐわず真面目で律儀《りちぎ》、それでいて素直じゃないからね」とフェリクスは穏やかな声《こわ》色《いろ》で語りかけた。

珍しく真面目に聞いてくるフェリクスに、目を伏せて考える。

確かに初めて会った日から、彼女への興味は少なからずあった。それは認めよう。

一緒にダンスを踊った時の笑顔。

槍を構えた美しくも強い姿。

婚約者の裏切りを憎むでもなく、決して俯かない。

それでいて人を貴賤《きせん》で判断せず、自分が正しいと考えることを貫く芯の強さ。

フェリクスに指摘などされなくても、本当は自分でも分かっていた。

制服も、ドレス姿も騎士服姿も似合っていたが、今日の町娘の装いは大人びた彼女の容姿を年相応に見せており、愛らしさすらあった。

それでも貴族令嬢としての気品は隠し切れなかったが、多くの男共が彼女を見て頬を染めていたことに、ムッとした。

気を付けろと本人には言ったが、果たして自覚しているのか……。

その危なっかしさも、ほっとけない、側で守りたいという庇護欲《ひごよく》をくすぐった。

婚約者の浮気を応援していることについてはよく分からないが、第二王子を好いているわけではないと聞いて、ほっとした気持ちになった。

……と同時に、〝大切な人〟とやらの話を聞いて、胸が痛んだ。

家族ではない、だがそれと同じくらい大切な人。

もしかして、他に結ばれることのない好きな男がいるのかもしれない。

柄にもなく、それ以上聞くのは怖かった。

俺がそんなことを怖いと思うなんて。

もう、答えが出ているのと同じだった。

そして、気になることはもうひとつ。

あの菓子は――。

「君なら、あの婚約者《第二王子》から彼女を奪える。そうじゃないかい？」

思考を遮るように、フェリクスが唆してくる。

確かに、そうかもしれない。

けれど。

「そんなに義理立てする必要はないと思うけどね。いくらあの王子の母親が恩人だからって。というか、王子がセレナ嬢を蔑ろにしていることに対して、その母親がたいそうご立腹だそうだけど？」

「相手がまだあの男爵令嬢でなければマシだったかもしれんがな……。評判が悪すぎる。あれは王子妃、ましてや王太子妃の器ではない」

「だから君が奪えば良いんだよ。あっちはあっちでよろしくやっているんだ、王妃だって許してくれると思うけど？」

そう簡単に奪えと言わないでほしい。悩んでいる自分が虚しくなる。

「彼女の幸せと、君の気持ち。その両方を考えたら、そんなに難しいことじゃないと思うんだけどね」

「おまえは婚約者と上手くいっているから余裕かもしれないがな……」

こっちは色々複雑なんだ。ほっといてほしい。眉間に皺《しわ》を深く刻み込んで俯く。

そんな俺の様子に、フェリクスがふっと笑みを零した。

「ただひとりの令嬢のことで、君がこんなにも頭を抱えるなんてね。それがおかしくもあり、嬉しくもあるよ。気持ちに正直になると良いよ、レオナール」

「僕に言えるのはこれくらいだ」と零すフェリクスを、俺はじろりと睨んだ。

「あとね、君が留守の間に僕達ふたりに手紙が来たよ。ほら、これ」

フェリクスの手の中にある手紙、その封筒に描かれた紋章《もんしょう》を見て、はっと目を見開いた。

◆◆◆

「はあ、さすがに歩き疲れましたわね。足がパンパンです」

「お嬢、マッサージしましょうか？」

「お願いします」とリュカに伝えれば、ぐにぐにとちょうど良い強さでふくらはぎを揉んでくれます。

「あなたは別のところがパンパンそうね？」

「あ〜。ちょっとばかし、食べすぎましたね」

いつもスリムなリュカですが、今日は腹部がちょっぴり膨らんでいます。

昼間のあの注文量から察するに、リュカには今日の夕食は必要ないかもしれませんね。

うふふと笑えば、ばつが悪そうにリュカが目を逸らしました。

そういえば、レオ様は無事に帰れたでしょうか？

別れた後、また綺麗な女性に声をかけられたりはしなかったでしょうか？

レオ様のことです、また嫌な顔をして断りそうですわね。

それと、母上様のお話をレオ様とできたのもちょっぴり嬉しかったです。

レオ様の母上様は、どんな方なのでしょう？

レオ様は母上様似？　それとも父上様似でしょうか？

次に会ったら、ぜひ聞いてみたいですね。

——次はいつ、会えるでしょうか。

そんなことを考えながら、わたくしはリュカの優しいマッサージが気持ち良くて、ついそのままうとうととしてしまいました。


（2巻へつづく）

侍従のひとりごと

俺はリュカ。

このルクレール王国で一、二を争う名家、リュミエール公爵家で働いている。

しかも公爵家で誰もが愛してやまないセレナお嬢様の侍従として。

そんな彼女との出会いは十年ほど前に遡《さかのぼ》る。

元はといえば貴族の血が流れている俺だが、まあ俗《ぞく》に言う私生児というやつで、父親である男爵から認められることはなく、母親も幼い頃に苦労の末亡くなったため、物心つく頃にはすでに孤児院で暮らしていた。

顔も知らない父親だが、どうやらその造りは悪くなかったようで、街で美人と評判だった母親との間に生まれた俺は、まあそれなりの容姿をしていた。

だから孤児院でも目をかけてもらうことが多かったのだが、外見でしか見ようとしない奴ばかりだと俺はうんざりしていた。

時々慰問《いもん》に来る、ただの自己満足な貴族達はもっと露骨《ろこつ》だ。

結局顔かと、幼いながらに嫌悪感でいっぱいだった。

しかし得をすることに変わりはないから、そんな奴ら相手に愛想笑いをするしかない。

そうすれば寄付金が増えるし、生きるためには必要なことだったから。

そんな自分にも、俺は嫌気が差していた。

けれど、年少のチビ達はそんな俺のことも慕ってくれて、うしろをついて回ってきた。

外面《そとづら》ではない、口が悪く愛想笑いをしない素のままの自分でも頼ってくれた。

それが唯一の、俺の慰《なぐさ》みだった。

頼られているようでいて、チビ達を必要としていたのは俺自身だった。

そんなある日、チビふたりを連れて街へとお使いに出ていた時、チビのひとりが転び、それが運悪く貴族の馬車を足止めしてしまった。

『ご、ごめんなさい！』

慌てて三人で謝ったが、馬車に乗っていたのはそれで許すような器の大きい人間ではなかったらしく、降りてきた恰幅《かっぷく》の良い貴族の男は、大激怒して転んだチビを蹴りつけた。

壁にぶつかったチビを急いで抱き上げ、俺はその男を睨んだ。

それが気に入らなかったのだろう、男は護衛に命じて俺に剣を向けさせた。

たとえ切られようとも、こんな奴に屈服《くっぷく》なんて絶対にしない。

チビを抱える腕に力を入れた、その時。

『あの……やりすぎではありませんか？』

おずおずとひとりの少女が、男のうしろから現れた。

平民には一生かかっても着られないような豪奢《ごうしゃ》な服、明らかに貴族の娘だ。

『なんだこのガキ！　……い、いや、その馬車の家紋《かもん》は、ひょっとしてリュミエール公爵家の方ですかな⁉』

男は少女の正体に気付くと、真っ青な顔をした。

『わざとでないときや、ちゃんとはんせいしてるひとには、あやまってくれたらゆるしてあげましょうねって、わたしのおかあさまはおしえてくれますよ？』

少女はびくびくしながらも男を窘《たしな》めた。

その傍《かたわ》らにいる護衛達も男を睨み、有無は言わせないと言わんばかりの表情だ。

『おやおや、何事だい？』

『なんだ、くだらんことをするやつがいるな！』

そしてその後から、ふたりの少年が顔を出した。

ひとりは淡い金髪の穏やかな風貌の少年、そしてもうひとりは目つきの悪い黒髪の少年。

俺よりも少し年下に見えるふたりはどうやら少女の兄らしく、『おにいさま』と少女が声をかけていた。

つまり彼らは公爵令息、男の顔色はさらに血の気を失った。

『も、申し訳ありませんでした！』

そしてこれは分が悪いと悟ったのだろう、男はとっとと逃げ帰ってしまった。

呆然とする俺達に、少女が駆け寄ってきた。

『ごめんなさい』

なぜ謝るのだろう？　俺はぽかんと口を開けた。

『わたし、なにもできなくて……おにいさまがきてくれてよかった……』

ぽろぽろと涙を流す少女の目がとても綺麗だと、その場にそぐわないことを考えていた。

なにもできないだなんて、とんでもない。

彼女の言葉がなかったら、俺達は斬られていた。

「痛かったよね、ごめんね」とチビを撫でる少女の小さな手は、震えていた。

『同じ貴族として情けないですね。君達、手当くらいはさせて下さい』

少女の上の兄貴の言葉に甘えて、俺達は手当を受けることにした。

……のだが、なんと馬車に乗せられ、公爵家にまで連れて行かれた。

馬車の中で孤児院育ちであることを伝えていたので、育ちの悪い自分達がこんな城みたいな屋敷に入れるか！　と拒否したのだが、有無を言わさず上の兄貴に命令された護衛達に抱えられ、連れ込まれてしまった。

しかも医師まで呼ばれ、丁寧な診察を受けた。

昼食まで食べていけと押し切られ、げんなりとした気分でいると、それまで黙って部屋にいた少女が口を開いた。

『その、ケガ、なんともなくてよかったです』

びくびくとした態度、行儀の悪い俺達を怖がっているのかもなと少しイラッとした。

だがそれも仕方がない。

この少女は、生粋のお嬢様なのだから。

『……無理して話しかけてこなくていーっすよ』

ぶっきらぼうに言う俺に、少女はおどおどと謝ってきた。

『ご、ごめんなさい……』

『だから、謝らなくても良いですって。俺みたいなのに関わるの初めてなんだろーし、怖がるのも仕方ないでしょ』

そう言いながらも眉間に皺が寄っていることには気付いていた。

先ほどの馬車の貴族もそうだったが、同じ人間なのに、生まれが違うだけでなぜこうも違うのだろう。

自分だって、一応は貴族の血を引いている。

それなのに。

そんな半ば八つ当たりのような気持ちをぶつけると、少女は小さな声を震わせて話し始めた。

自分はいつも愚鈍で、兄達のようになんでも上手くできないと。

人に嫌われるのが怖くて、なかなか上手く気持ちを伝えられないのだと。

『わたし、このおうちの〝おにもつ〟なんです』

そう苦しそうに笑う少女に、俺はキレた。

『あのさぁ！　おまえ、辛いことをそうやって笑って言うの、止めろよな』

大きな声を出した俺に、少女はびくっと肩を跳ねさせ、怯えた表情をした。

そのうしろで目つきの悪い方の兄貴が睨んできたのが見えた。

もうこうなったらどうなっても良い、言いたいことをぶちかましてしまえ。

『あと、〝自分なんて〟みたいなこと言うのも。聞いててムカつく』

面と向かってムカつくと言われ、少女は涙目になった。

『……おまえ、ちゃんと強いだろ。あんないかにも性悪貴族って感じの大の大人に向かって正論言えるんだからさ』

普通の幼い子どもなら、いや大人でも見て見ぬふりするのが普通だ。

誰だって面倒事には巻き込まれたくないもんだからな。

でも、こいつは違った。俺達を助けてくれた。

それは間違っていると、誰もが思ってはいても口にできなかった言葉を言ってくれた。

『確かに愚鈍そうだし、不器用そうだなってては思うけど』

『おい！』

目つきの悪い方の兄貴がすかさず声を上げた。

ほら、それにちゃんと愛されてるだろ。

『あんまり自分を卑下《ひげ》するなよな。周りの奴らはおまえのことちゃんと見て、かわいがってくれてるんだからさ』

柄にもなく励ましの言葉をかけた俺を見て、少女は目を見開いた。

『ふぅん……。君、なかなか良いじゃないか』

その時、今まで黙って会話を聞いていた上の兄貴が口を開いた。

『僕はランスロット・リュミエール。リュミエール公爵家の嫡男だよ。ね、君さ。セレナの侍従になるつもりはない？　あ、侍従というのは、そうだね、身の回りの世話をしたりする、死んでも絶対にセレナを裏切らないと誓いを立てる人物のことなんだけれどね？　ちなみにセレナとは、そこにいるかわいい僕の妹のことだよ』

ランスロットと名乗った公爵家嫡男は、恐ろしいことを口にした。

『てめぇしれっと嘘混ぜんじゃねー！　シスコンが過ぎるだろ！　なんだよ〝死んでも絶対に裏切らないと誓いを立てる〟って！　こえーよ‼』

とそこまで言ってはっとした。

しまった、貴族の坊ちゃん相手に正直に言いすぎた。

ぱっと両手で口を押えたが、もう遅い。

『うん、元気が良くて結構。素直なところも買いだね。ちなみに君がここにいてくれるのならば、孤児院への援助は惜しまないよ？　じゃあ、雇用契約書を持ってくるからお菓子でも食べて待っていて』

……なんと気に入られてしまった。

『なんでガキに雇用契約書を交付《こうふ》したり援助を決める権利があるんだよ！　あっ、おい！　聞こえないふりして出て行くな！』

引き留めようとする俺の叫びなど綺麗に無視し、上の兄は出て行ってしまった。

今まで大人しく事の成り行きを見守っていたチビ達も呆然としている。

『……おい、兄貴を止めなくて良いのか』

そうダメ元で少女に振ってみたが、ぶるぶると首を振られてしまった。

ああでも、もうどうでも良いか。

考えるのも面倒くさいし、なんとなくだけど、暴力振るったり食事をくれなかったりはしなさそうだし、それに。

脱力《だつりょく》した首を上げて、ちらりと少女の方を向く。

少女はいまだ戸惑いの表情を浮かべながら、俺の様子を窺っている。

この少女がこれから先、どう成長していくのかが気になる。

このまま自虐《じぎゃく》的な性格が変わることなく、いつまでも自信のないおどおどした令嬢として公爵家のお荷物となるのか。

それとも、変にスレて我儘放題のどうしようもない令嬢になるのか。

あるいは――。

『ま、孤児院への援助を惜しまないって言ってたしな。おまえ達の暮らしも、これからちょっとは良くなると良いな』

隣で不安げな顔をしているチビ達の頭を撫でる。

あの坊ちゃんなら、寄付した金がきちんと子ども達の暮らしの改善に使われているのか、きっちり調査してくれそうだしな。

それに――。

『命の恩人に恩を返すくらいはしないとな。仕方ねぇから、おまえの侍従とやらになってやるよ。あんたが道を外しそうになったら、俺が止めてやる。誰も味方になってくれないような事態に陥《おちい》っても、俺はおまえを見捨てない。ずっと、側にいる』

きっぱりとそう言い切った俺に、少女は目を見開いた。

『これからよろしく頼むぜ、〝お嬢〟？』

にっと笑えば、少女は恥ずかしそうに俯いた。

でも、『よろしくおねがいします』と呟いたのが、ちゃんと聞こえた。

その時、俺は絶対にこの少女を守ろうと思った。

小さな肩を震わせて、それでも弱きものを守ろうとする姿に、俺は心が震えたんだ。

腐って、〝自分なんて〟と思っていたのは、俺も同じだったから。

その時、部屋の扉が開かれた。

『おや、心は決まったようだね。それじゃあ、気が変わらないうちにこれにサインしてくれるかな？』

この短時間で本当に雇用契約書を用意してきた〝ランスロット坊ちゃん〟に、「まじかよ……」と顔を引きつらせた。

これにサインしたら、もう逃げることはできない。

『そんなこと言って、逃がすつもりねぇくせに』

『おや、察しが良いね。そんなところもますます気に入ったよ』

そう胡散臭い笑顔を向けられて、俺はペンを取ったのだった。


「……思い出してみると、詐欺みてぇなやり口だな」

あれから奥様とランスロット坊ちゃんにだけは逆らわねぇようにしようと思うことが何度もあった。

見た目だけで判断してはいけないという言葉は真理だ。

「ま、そのおかげで今の俺があるんだけど」

今のこの暮らしを、俺はまあまあ気に入っている。

色々あって『わたくし悪役令嬢になります！』なんてのたまう変わり者になってしまったお嬢だが、最近では意外とアリだなと思うようになってしまった。

毒されてるな、俺。

はぁっとため息をつくが、自分で思う以上に世話焼きなこの性格のせいで、毎度毎度振り回されている。

「た、大変ですの！　リュカー!!」

その時、けたたましい声が廊下から響いた。

ああ、今日はいったいなにをやらかしたんだ、あのお嬢は。

必死な声で自分を呼ぶ声に、よっこらしょと重い腰を上げる。

「へいへい、どうしたんですか、お嬢」

仕方ないなと話を聞く、このやり取り、何度目だ？

でもまあ、そんな俺達のこの関係も悪くないと思っているのだから、俺はもう重症だ。

……願うことなら、彼女の夢を叶えてやりたい。

〝悪役令嬢〟だなんて、最初はなんの冗談かと思ったけれど。

彼女が幸せそうに笑う、その顔が見られるのなら。

「お嬢、俺がいなくなったら、あんたどうするんですか」

ぽつりと俺の口から漏れた、しょうもない問いかけに、お嬢はぱちくりと目を瞬《また》いた。

「そんなことありえませんよ？　ああでも、わたくしからは手を放さないという意味ですが。もしリュカがわたくしから離れたいというなら、泣く泣く許しますけれど……。でも、きっとリュカはそんなこと言わないでしょう？　だって、ずっと側にいるって言ってくれましたものね」

ふわりとお嬢が笑う。

それは、あの日の俺の言葉。

「リュカだけは絶対にわたくしの味方でいてくれる。そんな不確かだけれど強い信頼がありますもの。ですが、その言葉に甘えることなく、わたくし自身もリュカに見捨てられないように日々努力せねばと思っておりますのよ？」

あの日の、肩を震わせていた少女はもういないけれど。

「……ははっ、そんなこと言うなら、もうちょっと俺の胃腸に優しい行動をとってくれると助かるんですけどね？」

「た、確かにいつも気苦労をかけて申し訳ないなとは思っておりますけれど……」

自分の心を偽《いつわ》らずに、他人のために動くことができるお嬢は、今もここに。

「すみません、意地悪を言いました。ほら、話ならちゃんと聞きますから、落ち着いて座って下さい」

いつまでも俺は、あんたの側で、あんたの幸せを願うから。

だから、これからも〝リュカ！〟って、その呑気《のんき》な笑顔で俺の名前を呼んでくれよな。

茶道の心得は感謝の心ですわ！

うららかな日差しの降り注ぐある日、わたくしはエマ様とジュリア様と共に学園の庭園にある東屋で、お茶を楽しんでおりました。

「あ、私も聞いたことあります。濁った色をしているって、あのお茶のことですよね？」

「そう！　私も実際に見たことはないんですけど、すごく変わった香りがするらしいってフェリクス様が言っていました」

話題はなにかといえば、外国産の珍しいお茶の話のようです。

セレナ様はご存じですか？　と聞かれましたが、とんと思い当たることがありません。

ですが、興味はあります！

「そのようなお茶は知りませんが……。どのような味と香りがするのか、飲んでみたいですね」

「うーん、でもすごく苦いって話ですよ？　私はどんなに珍しくて高級なお茶でも、美味しくないのならあまり飲みたくありませんね」

エマ様らしい素直な答えに、隣でジュリア様が苦笑します。

確かに珍しくて高級＝美味しい、というわけではありませんものね。

お茶の楽しみ方は人それぞれですもの。

「ああ、こんなところにいたんだね」

ひとり納得していると、そこに涼やかな声が響きました。

「ジュリア嬢。それにリュミエール公爵令嬢、オランジュ伯爵令嬢。ちょっと付き合わないかい？」

今日も爽やかな笑顔のフェリクス殿下です。

「おまえ、唐突《とうとつ》なんだよ……。お茶会の邪魔をしてすまないな」

そしてそのうしろから現れたのは、レオ様です。

ため息をつくレオ様、恐らくフェリクス殿下に付き合わされたのでしょう。

それにしてもフェリクス殿下の、まるで良いことを思いついた！　というようにわくわくした様子、いったいなにがあったのでしょう？

「ふふ、今話題のものだよ」

意味深に微笑むフェリクス殿下について行くと、学園の一室に案内されました。

「ジュリア嬢、この前興味ありそうだったからね。手配したんだよ」

そう言って、じゃーん！　と殿下が見せてくれたのは、緑色の粉。

「なんですか、これ？　新しい染料《せんりょう》でしょうか？」

「すごくきめ細やかな粉ですね……。あ、ひょっとして、新しい化粧品ですか？　瞼《まぶた》の上にのせるとよく色づきそうですね！」

初めて見るものにジュリア様とエマ様が各々の考えを口にします。

おふたりの答えはとてもそれらしいものではありますが、これは……。

「ひょっとして、抹茶ですの？」

「「抹茶!?」」

わたくしがぽろりと零した言葉に、おふたりが驚いたように叫びました。

「おや、さすがリュミエール公爵令嬢だね。これを実際に見たことがある者は、かなり限られた者だけだと思っていたのだけれど」

「おまえ、よく知っていたな」

フェリクス殿下とレオ様も驚いた様子です。

わたくしも驚きはしましたが……。

よく考えれば、あんこだって存在しているのですもの。

抹茶が存在していてもおかしくありませんわよね。

「ですがセレナ様、さっきは知らないとおっしゃっていましたよね？」

なんと先ほど話題に出ていた珍しいお茶というのが、抹茶のことだったようです。

濁った色に、変わった香り。

なるほど、確かに抹茶のことです。

「どうやらわたくしが流行に鈍感だったようですわ。抹茶のことだとすぐに気付けず、申し訳ありません」

「あ、いえ！　セレナ様を非難したつもりはないんです！」

知らないものだと決めつけていた自分の不甲斐なさにしょぼんとすると、エマ様が慌てて否定してくれました。

「まあまあ。ところでリュミエール公爵令嬢、この抹茶を知っているということだけれど、飲んだこともあるのかい？」

互いに謝り合うわたくし達をフェリクス殿下が宥めてくれました。

「もちろんですわ。爽やかな苦みの中にほのかな甘みが感じられて、とても味わい深いお茶ですわよね」

懐かしい抹茶の味を思い出してほおっと息をつくと、そうなんだ……とフェリクス殿下がなんとも言えない顔をされました。

「そういえばフェリクスはあまり好きじゃないと言っていたな」

「苦い薬みたいだったとおっしゃっていましたね」

レオ様とジュリア様の言葉に、フェリクス殿下は苦笑いです。

「そうなんだよ。話題の苦いお茶を皆で飲んで、やっぱり苦いね～って共有して、その後我が国産の新茶をご馳走《ちそう》しようと思っていたんだけど」

まあ、フェリクス殿下は意外とお茶目さんですのね。

それにちゃっかり自国のお茶を勧めようとされるなんて。

さすが王族と言うべきでしょうか。

同じことを考えたのでしょうか、レオ様ももの言いたげな目つきでフェリクス殿下を見つめています。

「嫌だなあ、そんな目で見ないでくれよ。滅多《めった》に口にできないものであることは確かなんだから、皆で飲んでみようよ」

そんなレオ様の視線に気付いたフェリクス殿下が、慌ててそう言います。

わたくしとしては懐かしい抹茶を頂けるこの機会は大歓迎ですので、フェリクス殿下の提案は望むところなのですが、巻き込まれた感のあるレオ様としては不本意なのでしょう。

「レオ様、そんな恐い顔をしないで下さいませ。フェリクス殿下は苦手だったようですが、皆様のお口には合うかもしれませんし」

変わった香りに濁った色、それでいて苦いだなんて、先入観で美味しくないと思って頂きたくありませんわ。

わたくしが「ぜひ頂きたいです」と言えば、「まぁそれなら……」と乗り気でなかったレオ様やエマ様も渋々ではありますが、了承して下さいました。

ジュリア様は元々興味がおありでしたし、フェリクス殿下のお誘いですもの、断るわけがありません。

「じゃあ決まりだね！　少し待っててくれるかい？」

フェリクス殿下はそう言うと、いそいそとカップとポットを取り出しました。

まさかとは思いましたが、どうやら手ずから淹れて下さるつもりのようです。

ですが、カップにポットですか……。

日本人なら抹茶と聞けば、誰もが茶筅《ちゃせん》で点《た》てる、あの姿を想像するでしょう。

そうして点てて頂けるのかしらとわくわくしていたのですが……。フェリクス殿下には大変失礼であるとは存じますが、どうやら紅茶と同じように淹れるつもりのようで、残念でたまりません。

まあ茶碗や茶筅が西洋風のこの世界に存在するのかどうかは不明なのですが。

……それにしても殿下、ちょっと抹茶の粉が少なくはありませんか？

ああ、それではお湯の量も多いです。

そうですわ、紅茶と同じようにするなら、混ぜることなどせずに蒸らしてしまいますわよね。

ハラハラしながら抹茶の行く末を見守ります。

「できたよ。さあ、飲んでみようか！」

楽しそうなフェリクス殿下が差し出したカップの中身は、もちろん泡など立っていない、緑色に濁ったお茶が入っていました。

その色と香りに、わたくし以外の三人がうっと後ずさりしました。

確かに初見《しょけん》ですとそうなってしまうかもしれませんね。

「お点前《てまえ》、頂戴いたします」

なかなかカップを手にしない皆様を横目に、わたくしはカップを持って礼をし、ひと口抹茶を口に含みました。

そんなわたくしを皆様がじっと見つめて、反応を待っている気配がします。

ごくりと飲み込みますが……う、薄いですわ。

それを隠すことなく微妙な顔をしてしまったのでしょう、わたくしの表情に、レオ様がお水を差し出してくれました。

「セレナ様が飲んだのですもの！　私も！」

「あ、では私も」

覚悟を決めたのか、エマ様とジュリア様もカップを傾け、ぐっとあおります。

ああ、そんな勢いよく飲んで大丈夫でしょうか？

「うぅ～。薄いし、美味しくないです」

「な、なにかの塊が……。に、苦いですーっ！」

「ふたりとも大丈夫かい？　うーん、やっぱり同じような反応になってしまうね」

口を手で押さえるエマ様とジュリア様にも、フェリクス殿下が苦笑いしながらお水を差し出します。

ちなみにレオ様は苦いのは割と平気なようで、微妙な顔をしながらも一応は飲み込んでおられました。

まあ何事も経験だよねと〝抹茶＝美味しくない〟と結論付けてしまいそうな空気の中、わたくしは「あの」と声を上げました。

「よろしければ、わたくしが点ててみても良いでしょうか？」

「〝たてる〟？　淹れる、じゃなくてかい？」

首を傾げるフェリクス殿下に、わたくしはにっこりと笑いました。

「はい。一応わたくし、茶道を嗜んだことがございますので。このお茶は、紅茶とは違う方法で作るのですわ」

元の世界では、日本に旅行に来て野点《のだて》を楽しむ外国の方も多かったですもの。いくら抹茶に馴染みがなくても、正しく点ててお出しすれば皆様にも気に入って頂けるかもしれませんわ。

「そのために少々準備が必要なのですが……。お時間頂いてもよろしいでしょうか？」

戸惑いながらも頷いて下さった皆様のために、ここはわたくしが一服ご馳走いたしますわ！


「へえ……。変わった道具だね」

「私も初めて見ました」

「この細い棒みたいなものがたくさんついているのはなんだ？」

「お菓子作りの時に使うホイッパーにちょっと似てますね」

茶道の道具を目にした皆様は、珍しそうにまじまじとご覧になっています。

「ふふ。エマ様はなかなか良いところをついておりますね。確かにこれも、泡立てるために使うものなのですわ」

そう、レオ様とエマ様が気になって見ているのは、茶筅です。

なぜこんな道具が揃っているのかというと、もちろん魔法のおかげです。

「それにしても本当に魔法が得意なんだな……。創造魔法でこれだけ精巧《せいこう》なものを作ることができるとは」

感心するレオ様の言葉に、少し照れながら「そんなことありませんわ」と答えます。

創造魔法。その名の通り、なにもない場所から特定のものを作り出す魔法です。

わたくしは以前の魔法学のテストの時と同じように、〝創造〟という漢字を基に、お茶道具を次々と作り出しました。

茶碗に茶筅、茶杓《ちゃしゃく》に棗《なつめ》。

魔法陣にそれらの単語を書き、道具の形や材質をしっかりイメージしたため、前世で使っていたものと遜色《そんしょく》ないものが作れました。

「では皆様、そこの椅子にお掛けになって下さい。まずはお菓子をどうぞ」

四人とも抹茶を飲み慣れておりませんし、先ほども苦いとおっしゃっていたので、甘みの強い生チョコを用意して頂きました。

甘すぎるのが苦手なレオ様には少しビターなものを。

これならば抹茶の苦みと中和するはずです。

「ん。甘い。口の中で蕩《とろ》けて美味しいです！」

苦いのが苦手なエマ様は甘い生チョコに頬を緩めていますね。

さて、口に甘みが残っているうちに点ててしまいませんと。

ゆっくりと生チョコを頬張る四人を横目に、濾《こ》しておいた抹茶の入った棗と茶杓に手を伸ばします。

久方ぶりですが、背筋がしゃんと伸びる思いですね。

皆様に少しでも抹茶を楽しんで頂きたい。その思いを込めて。

前世を思い出しながら、茶杓で二杯、抹茶を掬《すく》って茶碗に入れます。

その後熱湯を入れ、今度は茶筅に持ち替えます。

はじめは底の抹茶を分散させるように、ゆっくりと。

それから手首を使って、前後にしっかりと振ります。

わたくしが習った流派ではしっかりと泡を立てるようにとの教えでしたので、表面に泡が盛り上がるように、最後は平仮名の〝の〟の字を書くようにして茶筅をゆっくりと引き上げます。

それを素早く四人分作り、皆様の前へお出しします。

「お待たせいたしました。お茶をどうぞ」

「あっ、ありがとうございます！　ええと、頂く時も作法などあるのですか？」

茶碗を前にして、はっとしたジュリア様がわたくしにそうお尋ねになりました。

「そうですわね。ではまず、茶碗をわたくしが運んできた時のようにして持ちます。左手で底を支え、右手は側面に添えます」

これが基本の持ち方。指を揃えて持つと、とても美しく見えます。

「それから、点てて下さった方への感謝の気持ちを表すのに、軽く一礼いたします」

わたくしの所作を真似しながら、四人がお礼をしました。

「その後ですが、お茶碗を回します。先ほどわたくしがお茶をお出しした時のように、こう……。自分の方に向かって、二回ほど回して下さい。茶碗には模様が描いてあり、正面というものが存在するのですが、その正面を避けるという意味合いがございます」

日本人ならなんとなく茶道＝茶碗を回すというイメージをお持ちですが、そんなことなど知らない皆様は、色々あるのだなと言いながら、それでも律儀に回して下さっています。

「ではどうぞお召し上がり下さい。最後は思い切り吸い切って頂けると良いですわ」

そして四人は恐る恐る茶碗に口をつけます。

抹茶特有の苦みが美味しいと感じて頂けるかは分かりませんが、美味しくないものとレッテルを貼られてしまうのは悲しいです。

ひと口飲んだ四人の反応はと言いますと……。

「……美味い」

まずそう言って下さったのは、なんとレオ様でした。

「均一に混ざっていて、泡もふんわりと滑らかで甘みすら感じる。俺は好きだな」

「あ、私もすぐ前に食べたチョコの甘みが残っているからか、そんなに苦く感じません」

先ほどまで眉を下げていたエマ様まで、そう明るくおっしゃいました。

「温かくて、なんだかほっとします」

「うん、以前飲んだものとは全然違うな」

ジュリア様とフェリクス殿下の表情も、嘘を言っているようには見えません。

「気に入って頂けたようで、嬉しいですわ」

皆様の反応に、嬉しくて自然と笑みが零れます。

そのまま最後まで飲み干して下さった皆様に、口をつけたところを拭って、最後にも茶碗を回して置くところまでお伝えしました。

「はあ、色々と決まりがあって大変ですね」

「そうですわね。でも、ひとつひとつ、意味があるんですのよ」

覚えるのは大変だと思うのは、エマ様だけではないでしょう。

前世の日本人の方でも、流派によって違いはあれど、茶道の作法をあらかたご存じの方は少ないかもしれません。

ですが、その作法のひとつひとつには、日本人の美徳が表れています。

茶道ではお茶を頂く際、三度の礼をします。

自分より後になる方にお先に頂きます、点てて下さった方に頂きます、そしてお茶そのものに頂きます。

また、お茶をお出しする際、お客様に茶碗の一番美しい面を向けてお出しし、お客様もその思いに応えるように、相手方に正面が向くよう、茶碗を回します。

『感謝・敬意・謙遜。あなたにはこれをきちんと学んでほしくて、お茶を習わせたのです。どうですか？　あなたの中に、その教えはしっかり根付いていますか？』

死にゆく少し前、母上様にそんなことを言われたのを思い出します。

確かにわたくしの中には、日本人として、いいえ、人として大切なものを忘れずにいたいと、誇りを持ちたいと、そんな思いが残っています。

「〝一期一会《いちごいちえ》〟という言葉があります。生涯に一度だけの機会であるという意味ですが、主催する側はそのつもりで入念に準備しお客様をもてなし、客はその場に相応しい振る舞いでもって感謝を伝えるのです」

ひとつひとつの出会いが大切なものだと、母上様は言いました。

人の縁とは不思議なもので、相手を思っての行動が巡り巡って自分の助けになったり、遠くへと別れてもまた出会ったりします。

「いつもとても良くして下さっている皆様に。簡素ではありますが、今できる精一杯のおもてなしをさせて頂きました。どうぞ、これからもよしなにお願いいたします」

微笑んでそう締めくくれば、皆様からも笑顔を返して頂けました。

「もちろんです！　とっても素敵な時間でした」

「こちらこそ、これからもよろしくお願いいたします。こんどは私にも、ええと、〝点て方〟を教えて下さいね」

エマ様とジュリア様はとても嬉しそうです。

おふたりとの出会いは偶然でしたが、あの日ミアさんを勉強会に誘わなければ、おふたりと仲良くなることもなかったかもしれませんね。

「ジュリア嬢とこれからも仲良く、なら、僕ともだね。これからもよろしく、リュミエール公爵令嬢」

フェリクス殿下の言葉に、ジュリア様が真っ赤になってしまいましたわ。

うーんさすが殿下、婚約者を一番に考える姿勢は素晴らしいです。

そして俺もなにか言うべきかと悩みながらレオ様も口を開きました。

「……留学生の身だから、この先どうなるかは分からないが。まあとりあえずこの一年間はよろしく頼む」

「まあ、最後の締めですのに、レオ様は素っ気ないんですのね」

そこで先ほど話した内容がふっと頭に浮かびました。

「〝一期一会〟。確かに、こうして学生生活を共にしていても、いつまでもその時が続くわけではありません」

前世のわたくしもそうでした。

病気で行先短いことは分かってはいましたが、まさか事故であの日あの時に命を失うとは思ってもみませんでしたもの。

「これが最後になるかもしれない。そう考えて、その時々を大切にすることも大事なことなのかもしれませんね」

前世のわたくしは後悔しました。母上様に、もっと感謝の気持ちを伝えれば良かった。お手紙をしたためておけば良かった。

そんな後悔を、今世ではしたくない。

「レオ様の言う通りですわね。この先がどうなるかなんて、分かりませんもの。こうして一緒に過ごせることがどれだけ尊いことなのか、わたくしもこの楽しい時間がとても幸せだと、噛みしめたいと思います」

そうです、だってわたくしは悪役令嬢。

リオネル殿下に婚約破棄されて、ここを出て行こうと決めているのですから。

「ありがとうございます、大切なことに気付かせて下さって。さすがレオ様ですわ」

「……おまえ」

わたくしがそう言い終わると、レオ様がはあっとため息をつきました。

「確かにそう思いながら一時一時を大切にするのは、悪いことじゃない。だが、おまえの言い方だと、いつ別れが来るのかと怯えているようにも聞こえる」

レオ様の指摘に、びくっと少し肩が跳ねました。

「そう怖がるな。俺もさっきはああいう言い方をしたが、少なくとも今年いっぱいはここにいる予定なんだから」

「そ、そうですよ！　私はセレナ様と一緒に卒業して、その後もずっとお友達でいたいと思っているんですから！」

「そうですわ。私もいずれはその、セザンヌ王国に行くことにはなりますが、二度と会えないわけじゃありませんし、お手紙だって書けますもの！」

レオ様の後に、エマ様とジュリア様もそう続けます。

「おやおや。皆そこまで深刻にならなくても」

なんとなく湿っぽい空気になってしまい、フェリクス殿下が苦笑いしました。

「まあ確かにリュミエール公爵令嬢の発言はちょっと大袈裟だけれど。でも、それくらい皆のことを大切に思っているということだろう？」

その言葉に、レオ様達三人ははっとしました。

「ふふ、リュミエール公爵令嬢の告白を素直に受け止めたら良いんじゃないかな。それと、リュミエール公爵令嬢もね。君の言葉でこんなに心配してくれる友人達がいるということは、とても幸せなことだと思うよ」

わたくしも目を見開き、「そうですね」とふわりと微笑みました。

「ありがとうございます、殿下。皆様、これからもよろしくお願いいたしますね」

心からの笑みを浮かべるわたくしに、エマ様とジュリア様は満面の笑みを浮かべて頷き、そしてレオ様は……。

「まあ、ただの顔見知り以上には親しくなってしまったからな」

そんな素っ気ないことを言いながらも、その顔はちょっぴり赤く染まっていたのでした。

あとがき

はじめまして、沙夜と申します。この度は拙作を手に取って頂き、本当にありがとうございます。

今回のお話は、「ザ・和風のお嬢様が西洋風のご令嬢に転生したらどうなるんだろう？」とふと思ったところから生まれました。仕事の関係で日本舞踊の偉い先生とお話をする機会があったのですが、「留学生の方に日本舞踊を教えたことがあるのだけれど、国に帰ってからも幾度となくお手紙をくれて。海外にも広がっていく、それがとても嬉しいの」という言葉を聞いて、これだ！　と思ったのです。

そしてヒロインのセレナですが、天然系のヒロインを書いてみたいとずっと思っていたので、キャラはすぐに固まり……。書いていてとても楽しい、周りを巻き込んでいく暴走系のヒロインになってしまいました（笑）

それとは対照的に、レオはものすごく動かし辛く……。何考えてるんだろう？　と、作者のくせにいまだに彼の気持ちがちっとも分かりません（涙）

そんな気ままに書くのを楽しみながら小説投稿サイトに載せていたこの『前略　母上様～』のお話。今回ご縁があってプティルブックス様で書籍化して頂けて、とても嬉しいです！　また、担当様が数ある作品の中から見つけて下さったこと、未熟な私に色々と教えて下さり、良い作品になるようにと考えて下さったこと、本当に感謝しております。

そして、こんな個性豊かなキャラ達を素敵に描いて下さったムネヤマヨシミ先生には、感謝の気持ちでいっぱいです！　キャラデザインを頂いた時に、前世怜奈がかわいすぎる！　と悶絶しました。学園の制服もかわいくて、怜奈の制服バージョンも描いてくれないかな……と密かに思っております（笑）

最後になりましたが、ここまで読んで下さいました読者の皆様へ。

天然爆発なヒロイン・セレナを気に入って頂けたでしょうか……？　前世でも今世でも色々と困難の多い彼女ですが、あっけらかんとした明るさに作者自身も救われることが多かったです。

現実ではこんな風に都合良くいくことなんてなかなかありませんが、せめて物語の中だけでも、前向きに生きていればきっと良いことがあると思えたら。自分もそうなれるかなと、今日も一日頑張れるのではないかなと思います。

二巻では、そんなセレナがどんな風に婚約破棄を迎えるのか。楽しみに待っていて頂けたらと思います。

それでは次巻でまたお会いできることを祈っております。ありがとうございました。

沙夜

プティルブックス

前略母上様　わたくしこの度異世界転生いたしまして、悪役令嬢になりました　1

2023年9月28日　第１刷発行

著　者　沙夜　
編集協力　プロダクションベイジュ
発行人　鈴木幸辰
発行所　株式会社ハーパーコリンズ・ジャパン
東京都千代田区大手町 1-5-1
03-6269-2883（営業部）
0570-008091　（読者サービス係）
印刷・製本　中央精版印刷株式会社

Printed in Japan K.K.HarperCollins Japan 2023
ISBN978-4-596-52492-8

※この作品はフィクションであり、実在の人物・団体・事件等とは関係ありません。

※本作はWeb上で発表された小説『前略母上様　わたくしこの度異世界転生いたしまして、悪役令嬢になりました』に、加筆・修正を加え改題したものです。